—彩图版—

青少版·经典文学名著宝

U0595866

福尔摩斯
四签名

〔英〕柯南·道尔 著 门秋明 编译

北京时代华文书局

图书在版编目（CIP）数据

福尔摩斯·四签名：彩图版 /（英）柯南·道尔著；门秋明编译 . --
北京：北京时代华文书局，2014.1（2024.1重印）
　（青少版·经典文学名著宝库 / 张新国主编）
　ISBN 978-7-80769-431-1

Ⅰ.①福… Ⅱ.①柯… ②门… Ⅲ.①侦探小说—英国—现代—缩写
Ⅳ.① I561.45

中国版本图书馆 CIP 数据核字（2014）第 031081 号

Fuermosi Si Qianming Caitu Ban

出 版 人：陈　涛
责任编辑：王其芳　张彦翔
封面设计：颜　森
责任印制：刘　银
出版发行：北京时代华文书局 http://www.bjsdsj.com.cn
　　　　　北京市东城区安定门外大街 138 号皇城国际大厦 A 座 8 层
　　　　　邮编：100011　电话：010-64263661　64261528
印　　刷：金世嘉元（唐山）印务有限公司
开　　本：710 mm×960 mm　1/16　　成品尺寸：170 mm×230 mm
印　　张：10　　　　　　　　　　　字　　数：190 千字
版　　次：2014 年 4 月第 1 版　　印　　次：2024 年 1 月第 2 次印刷
定　　价：39.80 元

福尔摩斯·四签名

经典之所以能够成为经典，就在于其随着岁月的积淀，逐渐成为人类文化长河中一颗璀璨的明珠。

文学以自身闪烁的高贵而散发着迷人的魅力，以各种方式呈现着人生的美好，揭露着生活的丑恶。

名著以文字为媒介，用历史积淀的经典向后人传承文化，让后人领略其中的深刻与智慧。

本套经典文学名著宝库汇聚了不同国家、不同年代的优秀作品，忠于原著，版本上乘，囊括了所有适合青少年学生阅读的优秀作品。这里有神奇动人的童话寓言；有令人神往的神话传说；有幽默风趣的人物故事；也有真实的世间百态。中国古典四大名著让学生们充分学习、领略和继承中国传统文学的精髓；漂流记、历险记等培养青少年的开拓精神和冒险精神。此外，还有荣获诺贝尔文学奖的世界名著，洋溢着纯真与情趣的伟大作品以及凝结着人类美好品德的教育经典等。题材涵盖了青少年喜欢的探险、历险、游记等，同时也包含了国学经典、散文、启迪心灵的故事等，让青少年走近伟大灵魂、传承文化、解放心灵。借助这些经典，青少年可以饱览世界的精神宝库，品味崇高与激情，从而获得精神的愉悦与人格的提升。

在浩瀚的世界文学之林中，本套经典文学名著宝库的特色在于：

1. 文字与青少年零距离：编者在尊重原著的基础上，做了恰到好处的删减，使之更容易理解、更适合青少年阅读。在国外名著的翻译上，译者给予了全新的诠释，在语言文字上加入了现代元素，使之更符合青少年的阅读口味。语言通俗易懂、形式活泼，具有亲和力，让青少年自觉走近经典，无负担阅读。

2. 图文并茂，诠释经典：书中充满童趣的精美插画，与文字联系紧密，可以深度激发青少年的阅读兴趣，形象地阐释作品的内涵。便于青少年更好地理解原著的精髓，让其爱不释手。

3. 助学成长：选文根据教育部最新版课程标准编写，题材涉及国学名著，如必背古诗词、弟子规等，此外加入童话、寓言、科普、侦探等，可以全方位、多角度拓展学生的视野，培养学生的想象力，并可以提高学生的写作能力和阅读能力。借助本套名著宝库，青少年可以与古圣贤隔空畅谈，可以与孙悟空上天入地，可以与汤姆·索亚一起去历险，可以和尼尔斯一起去旅行，可以和爱丽丝一起漫游奇境，进而在中外思想大师的引领下，与伟大灵魂对话。

这套经典文学名著宝库采撷几千年来中外文学名著中的精华，立足于青少年接受的阅读心理，从选文内容、文字质量、图文配置、装帧设计等多角度下足功夫，是为青少年读者"量身定做"的文学精粹，是一把开启文学宝库的钥匙，是青少年不可不选、不可不读的经典。

CONTENTS
目录
LITERATURE OF CLASSIC

福尔摩斯·四签名

四签名

第一章　演绎法的研究

名师导读 Teacher Reading

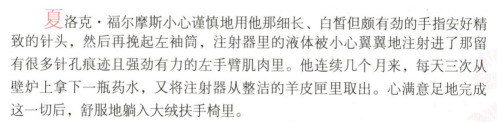

久负盛名的大侦探夏洛克·福尔摩斯在没有案子查的几个月里每天三次，从整洁的羊皮匣里拿出注射器小心谨慎地抽取药水，注射到自己布满针眼的左手臂上。我注视着这一切的发生，说不出的感觉。一天，当我正要反驳他的时候，房东太太突然拿来一张名片，接下来会发生些什么呢？

夏洛克·福尔摩斯小心谨慎地用他那细长、白皙但颇有劲的手指安好精致的针头，然后再挽起左袖筒，注射器里的液体被小心翼翼地注射进了那留有很多针孔痕迹且强劲有力的左手臂肌肉里。他连续几个月来，每天三次从壁炉上拿下一瓶药水，又将注射器从整洁的羊皮匣里取出。心满意足地完成这一切后，舒服地躺入大绒扶手椅里。

我对这些都已经习惯了，虽然心中并不赞成，但这一幕对我的刺激越来越大，而我又没有足够的勇气当面阻止他。因此每当夜很深了，人们都已经睡着了的时候，想起这件事情我总感到不安，说实在的，我真的没有办法对这件事熟视无睹，曾经多次想阻止他，但是他那种冷淡执拗的性情和不肯轻易接受别人建议的态度，往往使我感觉对他提出忠告，是一件不容易的事

注释　执拗：固执任性，不听从别人的意见。

情。由他去做吧，我确实不愿意惹他不高兴。

可是，那天下午，我因午餐的时候多喝了一点儿葡萄酒，终于再也无法容忍他那若无其事的态度了。

于是就问道：

"你今天注射的是什么？吗啡还是可卡因？"

他没精打采的，手里刚刚打开一本老黑体字印的书。

"可卡因，百分之七的溶液，怎样，你想来试一试吗？"

"我不要试！"我毫无礼貌地说，"阿富汗的战役已经使我的体质变得很虚弱，到现在还没有恢复，我不想再雪上加霜了！"

"华生，可能你是对的。"他不仅没有因此而发怒，反而和蔼地带着微笑对我说道，"实际上，我也深知它对身体健康没有好处。但是，这种东西确实能刺激我的神经而使我产生强烈的兴奋，让我的脑子格外清醒，它的一些副作用就显得没有那么重要了。"

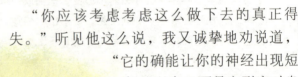

"你应该考虑考虑这么做下去的真正得失。"听见他这么说，我又诚挚地劝说道，"它的确能让你的神经出现短暂的兴奋，可是它到底对身体的各种器官有弊。这么做会让你的内脏各器官组织变质，起码也会造成长久的精神衰弱，相当于慢性自杀。长期这样下去会带给你什么后果，害处和利处比起来的确很不值得。我这样劝说你，因为我身为你的一位朋友，同时更是一位对你的身体健康负责的医生，应当请你注意。"

他听了我的一番劝告，并没有使他勃然大怒，两肘放在椅子的扶手上，把他的十个手指头对顶起来，居然饶有兴致地想为自己狡辩：

"我生性爱动，大脑不能停止运转，如果闲下来就会心神不安。有事情可做，有疑难问题需要解答，有深奥的密码需破译，就会觉得心平气和，也就不再需要打这样的东西来寻求兴奋。我憎恶繁杂无聊的生活，渴望精神上的兴奋，正由于这些，我才选了这个独特的职业，也可以说造出了这一职业。确实，当今世界上从事这一职业的也许只有我一个人。"

"只有你一个人？难道你是唯一的私人侦探吗？"我瞟了他一下问道。

"的确是唯一的私人咨询侦探。"他回答说，"我是侦探的最后裁决者及最高上诉机关。当戈赖格森·雷斯垂德或者艾瑟尼尔·琼斯有棘手的麻烦的时候——这反倒是他们经常出现的事情——他们就跑来向我求教。我作为专家审核资料，提出办案的建议。我从不居功自诩。报纸上也从不刊载我的姓名。这样能发挥我那特殊才华的工作本身就等于是对我最高的报偿。你还记得在办理杰弗逊·豪伯一案中我的工作方法所给予你的一些工作经验吧。"

"当然记得。"我诚恳地说，"那次是我从来没有碰过的最奇特的案件。我已经把它从开始到结束原原本本地记录在了一个小本子上，并为它起了一个新颖而别致的名字：血字研究。"

他摇摇头，脸上浮现出不满之色。

"我大概浏览了这个小本子，"他说，"其实，不太理想。侦探学应当是一门准确的科学，应该用镇静的态度而并非用感情来对它。你在它的上边添加上了一些类似小说的色彩，这好像在欧几里得的几何定律中掺杂进恋爱的故事情节一样风马牛不相及。"

"但是那桩案件里确实有类似小说的色彩，我不会歪曲事实的。"

"有的事实确实不是非写不可，也或者说，起码要把重点体现出来。在那桩案件里，唯一值得说起的就是我是怎样成功地从结果里推断出事情的原因的，再经过精密准确的分析，推出把案子破获的必然过程。"

我撰写那篇文章只不过是为了使他得到一点儿安慰，没料到却挨了一顿批，情绪立刻低落下来。我必须承认，我被他那种狂妄自大的傲慢性格给惹怒了。依照他的看法，好像我的整篇文章都应当来描写他的个人能力。在我和他一起住在贝克街的数年当中，我多次发觉我那同伴在沉默孤僻的说教里隐伏着一些狂妄自负。我不愿意再多说什么，而是坐下来抚弄我受过伤的腿。我的腿从前曾经被枪弹打穿过，尽管并不影响我平时走路，然而每当遇到阴雨天气，我那条腿就会酸疼不堪。

"最近以来我的业务范围已经拓展到欧洲大陆去了。"过了片刻，福尔摩斯将他那拿树根做成的烟斗装满了烟丝，慢吞吞地说道，"上个星期有一个名字叫福朗斯瓦·勒·维亚尔的家伙来请求我的帮助，你也许听说过他近来已经在法国侦探界略有名声。他富有凯尔特族人独有的敏感，可是他匮乏更进一层提高他侦探技艺所需的广博知识。他所请求帮助的那宗案件和一份遗嘱有关，很有意思。我为他讲解了两宗案情相像的案件：一宗是一八五七年的加城案件；一宗是一八七一年的圣路易城案件。这两宗案情为他点出了破案的方法。这是今天早晨我刚刚接到他寄来的答谢信。"

说完，他将一张皱巴巴的异国信纸拿给我。我接过信看了一遍，那封信中掺杂着很多赞美颂扬的话语，像"伟大的""超能的手段"以及"奇妙的计策"等，它们表现了这个法国人对他的热烈情感和敬仰。

"就好像是孩童对老师的夸赞。"我说道。

夏洛克·福尔摩斯低声说道："哦，他将我给的帮助有点儿太夸张了。他自己也很富有才干，一个出色的侦探家所必须具备的三个条件里，他已经必备了观察力和判断力，他缺乏的只不过是渊博的学识。不过这一点他很快也能够学到。他眼下正动手把我的几部文章翻译成法文。"

"你的文章？"

"你还不知道吗？"他笑着说道，"说来真惭愧，我曾经写过几篇关于犯法的专业论文，都是侦探技巧方面的。比如，这个《烟灰辨别术》。在书里，我举出了雪茄、卷烟及纸烟等一百四十余品种，并用彩色的插图对各种不同的烟灰的区别进行了说明。烟灰作为一个证据在各类刑事案件里是常见的事情，并且有的时候它们是整个案件中最重要的线索。例如，假如你在一桩杀人案里能肯定凶犯吸的是印度的雪茄烟，那么你就等于缩小了侦查的范

- ⟫

注释 匮乏：缺乏；贫乏，困乏。多用以指物资。

围。对内行人来说，辨别印度雪茄烟的黑色烟灰和'乌烟'烟那白色泡松的烟灰的区别，就像区分白菜和马铃薯一样容易。"

"你在洞察秋毫上的确有非凡的才干。"我说。

"我明白它们那重大的研究价值。这是我写的那篇有关足迹的专业论文，介绍了使用熟石膏保留足迹的办法。此外，这儿还有一篇说明关于一个人的工作可以直接关系到他手的形状的新颖文章，文后还附带着石匠、水手、刻木工、排版工、织布工及钻石工匠的手形图片。科学有非常大的实用价值，特别是在碰到不知道是谁的尸体案或者需要判别凶手身份的时候更有效。我只顾谈论我的东西，让你听得厌烦了吧？"

"没有、没有"我真挚地回答说，"恰好相反，我对此颇感兴趣。特别是我曾经幸运地目睹过你利用这些方法在实践中的应用。但是，你刚才所说到的观察力和判断力，在一定的程序上面，它们二者是有着密切联系的。"

"联系？不，没有联系。"他惬意地倚在椅背上，从烟斗中喷出一股股浓浓的烟雾，"举个例子来讲吧，通过我的观察，你今天早上曾经去过维格摩尔街的邮局，而通过判断，我却得出，你在那里曾经发过一封电报。"

我惊讶地回答道："没错，一点儿都不差！可是我真不明白，你是怎么知道的。此事是我一时兴起，我并没有对任何人谈起过呀。"

望着我一副惊诧的模样，他得意地笑着答道："这是轻而易举的事，简单得都不需要解释。但是解释一下反而能够说明我的观察和判断的区别。经过观察，我看到你的鞋底上沾有一小块红泥。最近这一段时间维格摩尔邮局的街对面正在筑路，从地底下挖出来的泥土全都放在人行道上，从那儿经过的人肯定都会踩到泥中。那个地方有一种与众不同的红色泥土，根据我所知道的，那附近其他地方再没有类似那种颜色的泥了。这就是我从观察中得到的结果。剩下的部分就依靠推断而得知了。"

"那么你从哪里可以推断出我去发了一封电报的事情呢？"

"那就更简单了，因为今天整个早晨我都和你面对面坐着，我并没有

注释　惬意：满意，称心，舒服。

看到你写过什么信。我还注意到在你的桌子上面有一大整张邮票和一捆明信片。那么除去发电报，你到邮局里去还能做什么呢？除掉其他可能的原因，这剩下的就是真实的事情了。"

我稍微想了一会儿，说道："此事的确是这样的。就像你所猜的，这件事的确太简单了。如果根据你的那些理论，我对你做一个很明显比较复杂的测验，你不会介意吧？"

他回答道："恰好相反，我可以省得去注射第二次可卡因。你所说出的随便一个复杂的问题，我都有兴趣进行一番探究。"

"我曾经听你经常说，在每一件日用品上面都难免会留下一些反映使用者特点的痕迹，而经过这一切痕迹，一位有经验的观察者就能看出来。正好我这里有一块刚刚得到的表。从上边留有的痕迹，你能不能叫我知道它的旧主人的性情和生活习惯？"

我把表拿到他面前，心里觉得好笑，因为我心想这一个他肯定不会看出什么来的。我只是想拿它对他那种口出狂言的坏毛病进行一次教训。他接过表拿在手里，认真地观察着表的表盘，接着又揭开表后盖，仔细检查了里边的机件，先用自己的眼睛，然后又拿高倍放大镜进行观察。他最后把表后盖合上并且递还给我的时候那满脸失望的模样，这让我差点儿要笑出声音来。

"这块表上几乎没有留下任何痕迹。"他说道，"因为近来这块表刚刚擦过油，把很多最有用的痕迹都擦掉了。"

"没错，"我说，"这块表是擦过油以后才到了我的手里。"

但是在我的心中，我对我的同伴用压根儿站不稳脚的借口来替自己解脱感到生气。就是没有擦洗过的怀表，他又能在那上边发现什么对推断有帮助的痕迹呢？

"我的这番观察也并不是没有什么发现。虽然表上有很多痕迹都被擦掉了，"他半睁着眼睛用一种令人无法琢磨的眼神仰视着天花板，慢慢地说道，"暂且先让我大体说一说，如果错误之处请多更正。这块表原来是你的兄长的，是你的令尊留给他的财产。"

"是的。这你是从表后盖上面的H.W.两个字母推断出来的。"

"没错。W这个字母代表你的姓氏。这块表大概是五十年以前做的，而表后盖上雕刻的字和制造表的时间几乎一样，因此我推断这是你令尊留下的财物。按照风俗习惯，家里值钱的东西总是留给大儿子，而大儿子常常沿用他令尊的姓名。假如我记得没错的话，你的父亲已经去世很多年了。因此，我断定，这块表肯定原来是你兄长的。"

"所有的推断都不错。还有其他的什么事情吗？"我问道。

"你哥哥禀性放荡、马马虎虎的。当年他是一个很有前程的人，而他却错过了许多好的时机，尽管他的境况也曾经有过起色，然而大多数都穷困潦倒，最后却由于酗酒而死去。这些就是我从这块表上所能推断出来的。"

我突然从椅子里一跃而起，克制不住自己在房间中走来走去，心里非常难受。

"福尔摩斯，我真难以相信你竟然会玩出这样一套花招来。在这以前，你一定调查过我那可怜的哥哥。而如今你却佯装是用一些神妙的方法判断出来的结论。我绝对不会相信你能由这块有很多年的表上得知所有的一切！直言不讳地说，你这简直就是在欺骗。"

"亲爱的华生，"他温和地说，"请原谅我。我只顾自己按照理论来判断一个难以解决的问题，却没有料到这会触动你不愉快的回忆。不过，我保证，在你把这块表拿给我之前，我的确不知道你还有个哥哥。"

"那么你到底凭着什么能这样厉害地看出这一切事实呢？你所讲的一切和事实简直太相符了。"

"哦，那可真是太巧了。我只是推测出了一些可能有的情况。真没有料到竟然会这样准确。"

"这么说，这并不是你凭空猜测出来的？"

"没有，没有。我从来不凭空猜测。猜测是一种不良的习惯——影响逻辑推理。你之所以感觉惊奇，是因为你跟不上我的思绪，或者没有留意到常常能推断出重要内容来的那许多不容易发现的细枝末节。具体而言：我刚开始曾经说过你的哥哥是一个放荡不羁的人。你看这块表的下端的边缘，你会看到那上边不但有两个凹痕，并且整块表的上边还有多处磕痕，这是因为经常将表和硬币或者钥匙这种坚硬物品装在一个衣兜中。把对待价值五十金镑的表这样心不在焉的人评价成不安分之人，不算太过分吧！光是这块表已经是那么昂贵了，如果说遗产不可观，也是没有丝毫道理的。"

我肯定地点点头，表示同意了他的推断。

"英格兰那里，当铺老板每当接到一块表，则须用针尖在表里面刻上当票的号码。这比挂牌好得多，因为这样就能避免与其他的表混淆。当用放大镜观察里面的时候，我看到起码有四个这种当票号码。根据这些我就能够得到结论。首先，你哥哥经常境况窘迫。其实，他有时境况转好，不然的话，他就无法把它赎回来。最后，我想提醒你看一看这带有钥匙孔的盖子。在钥匙孔周围全是刮痕，这肯定是由于被摩擦而导致的。头脑清醒的人插钥匙，不是很轻易就能插进去的吗？但是喝醉酒的人的表却往往都留下这种痕迹。他经常夜里上弦，因此留下了手颤动的痕迹。这有什么奇怪和奥妙呢？"

　　"一经说破，真相大白。"我回答说，"请你宽恕我方才的失态。我原本应当对你的推断才华毫不怀疑才是。请问你目前手头上是不是有什么案件需要侦探？"

　　"没有，正是因为没事可做我才注射可卡因呀。没有用脑筋的事情可干，我几乎快要死掉了。在这个世界上还有什么能使人为它忙得不可开交呢？你到窗口去望一望。难道以前有过这样悲凉黯淡而又沉寂的世界吗？瞧，那黄色的雾霭遮盖了街道的房子，弥漫着那暗褐色的浮云慢吞吞地飘浮而去，难道还有什么比这更枯燥无味的吗？医生，试想一下才华无施展之地，有精神又有什么用处呢？犯罪简直太平凡不过了，生活在这个世界上是最平凡的事，在这个世上，除去平凡的事情其他的什么都没有了。"

　　一阵短促的叩门声，打断了他慷慨激昂的长篇大论。房东太太手托着一个小铜盘走进了屋里。

　　"先生，有个小姐求见您。"房东手持一张名片对福尔摩斯说。

　　他看了一下，说："这人我不认识。赫德森太太，请这位叫玛丽·摩斯坦的小姐进来吧。医生，请不必回避。我不希望你走。"

- ≫≫≫

　　[注释] 雾霭（ǎi）：云气。

　　[思考] 福尔摩斯怎么判断出华生去了邮局发电报？

第二章 陈述案情

名师导读 Teacher Reading

美丽的摩斯坦小姐走进福尔摩斯的房间，紧急压抑的事情使她显得有些不安。十年前，远在印度的父亲回国后，却离奇失踪。四年后，有人在报纸上寻找她的地址，之后的六年，摩斯坦每年都会收到一颗价值不菲的珍珠。今天，她又收到了一封要她赴约的信，到底有什么事情会发生呢？

这时门口出现了一个有着满头金黄色头发的姑娘，走路轻飘飘的，尽管面貌说不上有多美丽，但是一对蓝色的大眼睛，含情脉脉，使她的面容看上去优雅而又聪敏，却又甜美、可亲。她身着暗灰色毛呢衣裳，不带什么花边和饰物，头上戴着一顶和衣服同色的帽子，边缘上插着一根白色翎毛，走路的姿势非常的端庄，看上去非常地优雅可爱。近到三寸芳草地，远到天涯海角，却不曾见过气质这般与众不同的姑娘。她走到椅子旁坐下，能感觉到精致的手套下微微发抖的双手。我猜想她肯定有什么紧急的事情，看上去非常的焦虑不安。她嘴唇微启然后说道：

"请宽恕我来向您请教，福尔摩斯先生。我想您可能没有忘记我的女主人塞西尔·弗里斯特夫人吧。您帮她解决过一件家庭纠纷的案件，干得非常漂亮，直到现在她还对您非常感激和敬佩呢。"

福尔摩斯沉思了一会儿，然后沉着地回答说："哦，我记起来了，塞西尔·弗里斯特夫人，我是帮她解决过一个十分简单的案件，那只是一点儿小忙。"

"但是她并不这么想。除此之外，我目前要和您说的不再是一件小案件了，我遇到了一件难以解决的事情。"

福尔摩斯立刻搓了搓两手，目光炯炯有神，似鹰似隼的面孔显出全神贯

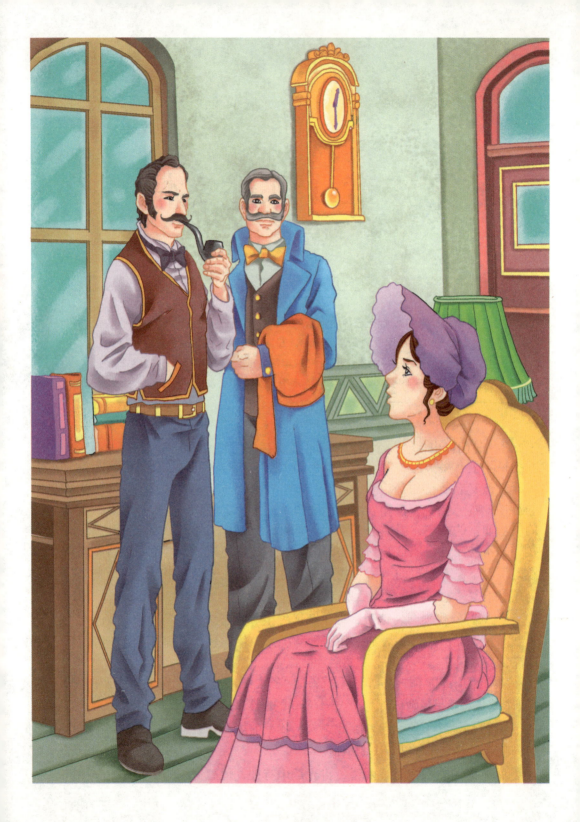

注的神情。

"那您就赶紧说说案情吧!"他的身子从椅子里往前稍微欠了欠,郑重其事地催道。

我觉得在此有点儿不方便,于是就站起身来说道:"请原谅,我先告辞了。"

完全出乎我的意料,那位姑娘却伸出她那戴着精致手套的手阻止我道:

"如果您不告辞的话,或许可以给予我一点儿帮助。"我只好重新坐在椅子里。

"噢,那可简直太走运了。我只不过是讲出了一些可能的事情。的确没有想到会这样准确。"

她接着说道:"简单地说吧,我父亲是一位军官,驻守于印度。在我还非常小的时候,我就被送到了英国。由于我的母亲很早就逝世了,在英国又没有一个亲人,于是他就把我送往爱丁堡去上学。那个学校的环境十分舒适,我寄宿于学校里,一直在那里待到十七岁。在一八七八年,我的父亲有十二个月的假期可以回到国内休假,他是军团里资历最深的上尉。到达伦敦以后,他给我发来一封平安到达的电报,让我马上到朗厄姆旅馆去找他。那封电文中写得字字句句都充满了慈爱,到现在我仍然记得。我急忙赶往伦敦,刚下车就直赴那个旅馆。但是到了旅馆,我的父亲却没有在那里。旅馆中的一个服务生对我说,父亲从头一天傍晚出去以后至今还没有回来。我觉得很奇怪,于是在那里又等了整整一天,但是依然没有见到父亲的踪影。那天晚上旅馆的经理给我提了一个建议,我就到警察局里报了案。第二天早晨又到伦敦和各个大报馆里刊载了寻人广告。可是,一切都没有得到结果,到现在都没有我那不幸的父亲的任何消息。他本来满怀希望回国探亲,和亲人欢聚,享受一下安静、舒服的生活,没想到……"

说到这儿,她已经泪流满面,说不出话来了。

福尔摩斯打开他的记事本,严肃地问道:"你父亲究竟是什么日子不见的?"

"那是一八七八年十二月三日,差不多快有十年了。"

注释 隼:一种凶猛的鸟,飞得很快,善于袭击其他鸟类,也叫鹘(hú)。

"他带的行李还在不在？"

"仍然在旅馆里保存着。行李里也找不出什么可以提供线索的东西，除去一些衣裳和书籍，以及很多安达曼群岛的古董，他曾经在那里监管过犯人。"

"在伦敦他有没有什么朋友？"

"根据我所知道的只有一个，是孟买陆军第三十四团的一名叫舒尔脱的少校，曾经和我的父亲在同一个军团里。这位少校不久前就退伍了，现在居住在上诺伍德。我们也曾经找过他，他说什么都不知道，甚至连父亲回到了英国的事情都不知道。"

福尔摩斯说道："果真是一件离奇的事情。"

"比这还要奇怪的在后面呢。大约六年以前，确切的日期是一八八二年五月四日，《泰晤士报》上出现一条广告：征询玛丽·摩斯坦小姐的地址，并特意说明对她有很大的好处，可是广告下面没有任何署名和住址。我不知道怎么办才好，就和塞西尔·弗里斯特夫人商议，那个时候我刚去她家中当家庭教师，过了一段时间我在报纸广告栏里刊登了我的地址。就在那天就有人从邮局里给我寄来一个不大的纸盒子，里边装着一颗很大的珍珠，既没有附言也没有什么署名。从那之后，每年的这一天我都能接到一样的小纸盒，里边都装着一颗一模一样的珍珠。我请珍珠专家鉴定过，这些珍珠全都是稀有之物，你们请看，它们真的很漂亮呢。"

一边说，她一边打开一个不大的扁扁的盒子，盒子里有六颗色泽耀眼的大珍珠。我敢保证，过去我从来都没有看到过这样珍贵的珍珠。

"您还知道其他的什么吗？"福尔摩斯逼问道。

"有，就在今天清晨我又接到了这封信。喏，给，请您自己看一下。如果不是接到了这封信，可能我还没有想到要来请教您。"

福尔摩斯沉着地说道："多谢！麻烦请您连信封也一起给我——邮戳，伦敦西南区，时间，九月七日。哦，这个角上还有一个男人的大拇指痕迹，也许是邮递员的吧。信笺很好，优质的，信封也很贵，看起来写这封信的人对信笺很重视。哦，没有发信人的地址。"

"今天晚上七点请到莱西厄姆剧院外左侧第三根柱子前面等着我，直到见面为止。如果您有什么怀疑的话，可以请两位朋友陪着您一起来。您是一个受了很多委屈的好女孩，应该得到公道！请千万不要带着警察来，如果那样我们就不能见面了。——您的一位不知名的朋友。"

"哦，真有趣，真有趣！摩斯坦小姐，您打算怎么办呢？"

"我正想请教您呀。"

"去，必须去！咱们一块儿去，您和我，还有——是的，华生医生正是我们的最佳人选。他和我始终在一块儿工作，华生大夫，咱们仨人，正和写这封信的人的要求相符，因为我和华生是老朋友了。"

她转过头来望着我，充满恳切的请求，接着又稍微带着一点儿哀婉的语气向福尔摩斯问道："他愿和我一起去吗？"

我急忙热情地回答说："我非常愿意效力，我将感到荣幸之至！"

她高兴地说："多谢两位先生了！你们真好。说真心话，我的确没有什么朋友可以相托，我一直以来都很孤独……哦，好了。我六点的时候到你们这儿来，可以吧？"

福尔摩斯回答说："可以，可是别来晚了！还有，这封信上的笔迹同寄珍珠的那些纸盒上的相同吗？"

她立刻拿出六张纸来，回答说："我都拿来了。"

"您这就做对了，考虑得很周全！来，我们瞧一瞧。"他一边说着一边把那些纸全都铺在桌子上面，一张一张地对比着说道："除去此刻这一封信外，别的信里的笔迹全都是伪装的，但是都出自同一人之手，这些毫无疑问。您瞧这个希腊字母e多么突出！还有单词末尾的s的特别弯法，很明显都是一个人写的！摩斯坦小姐，我绝不是想给您无谓的希望，这些笔迹和您父亲的笔迹相像吗？"

"一点儿都不像。"

"是的，我想也是这样的。那好吧，六点钟我们在这里等着您。请您先将这几封信留在我这儿，可能得好好地研究一下。嗯，现在才三点三十分，那么咱们再见吧。"

摩斯坦小姐也道了一声再见，然后又用和蔼的眼神看了看我们，就把她那个装珍珠的扁平的小盒子抱在怀里，匆匆地离开了房间。

我站在窗前，注视着她那美丽的身影消失在人流里。

"多迷人的姑娘呀！"我转身对我的伙伴称赞远去的那位小姐。

福尔摩斯已点着了他的烟斗，疲倦地倚在椅背上微闭着眼睛，慢条斯理地说道："是吗，我没有注意到。"

我不禁嘲笑他："你简直就是一个冷血动物，像一个机器人，没有一点儿人情味。"

他谦和地笑着说道：

"千万不要被一个人的外在特征所迷惑，妨碍你对他本质的判断能力。一个委托人——对我而言只不过是一个计算单位，是事情里的一个环节或者因素。感情常常会影响理智的清醒程度。我曾经看到过一位最迷人的妇人，可是她为了获取保险赔偿竟然害死了她的三个亲生骨肉，最后被处以绞刑。我还见过一个最不讨人喜欢的男人，但是他却是一个心地善良的人，为了解救伦敦的贫困人民而捐赠了二十五万。"

"这并不能混为一谈。"

"我没有混为一谈，定律没有特殊情况。你曾经研究过笔迹特征，对这个人的笔迹有哪些见解？"

"整洁、清晰，性格刚强，出自一位头脑缜密的人之手。"我回答说。

福尔摩斯摇了摇头说：

"不，你瞧他写的那些长字母的高度几乎都没有超过普通的字母，这个字母d写得很像a，那个l很像e，而性格坚强的人不管写得有多难看但写的高和矮是十分清楚的。他的字母k写得大小不一，大写的字母还算齐整。我现在得到外面去一下，给你推荐一本杰作——《成仁记》，是温伍德·里德乌著的。一个钟头以后我就回来。"于是，我只得独自待着阅读这部书了。

女客的音容笑貌及其遭遇的奇怪事情，不禁在我的脑海中出现，十七岁就失去了父亲的消息，现在二十七岁正是由幼稚转入成熟世故的年纪。一想到她，就无论如何都无法把心思放在研究这本书上。她应该还没结婚吧，如果可以那我们是不是可以在一起呢？突然意识到自己开始想入非非了，极其危险啊。我只是一个跛了一条腿的可怜的陆军医生，又没有几个子儿。我连忙抑制自己的危险想法，不能继续胡思乱想了。捧起新的病理学的论文专注地读起来，她或许只是个案件当事人，我自己的前途都渺茫，还是勇敢地去面对，别再妄想了。

- -

 摩斯坦小姐共收到了几颗珍珠？

第三章　寻求答案

直到五点三十分，福尔摩斯才回来，他似乎找到了什么端倪。他觉得整件事情似乎和舒尔脱少校有关。晚些，摩斯坦小姐来了，于是，我们一起去赴那个神秘的约会了。到达目的地并没有见到主角，只是被左拐右拐地带到了一座神秘的府宅。

"这件案子简直太简单了，根本没有什么神秘的地方。"

直至五点三十分，福尔摩斯才回到家里。他似乎有了处理这件费解的事情的办法，看上去神采飞扬。

"你已经将案件的真相弄清楚了？"

"现在还没有，但是已经找到了突破口，只不过是还缺一些详细的情节。我刚刚去查阅了一些资料，在已经过时的《泰晤士报》上找到了一条有关舒尔脱少校在一八八二年四月二十八日去世的讣告，就是那位住在上诺伍德的前驻孟买陆军第三十四团的舒尔脱少校。"

"福尔摩斯，我还是很糊涂，搞不明白这条讣告和这件案子有什么联系？"

"你真的不明白吗？我们从开始来说，摩斯坦上尉消失了，在伦敦那里，他唯一可能去拜访的朋友只有舒尔脱少校，但是少校却对摩斯坦小姐坚

注释　讣告：也叫讣文，又叫"讣闻"，是人死后报丧的凶讯。

决否认不知道她的父亲来过伦敦的事情。四年以后，舒尔脱去世了。你是否留意过，在他去世以后不出一周，摩斯坦小姐就接到了一件昂贵的礼品，以后每一年都接到一份，如今又接到一封信，信里竟然说摩斯坦小姐受了很多的委屈。受了什么委屈呢，无非是丧失了父亲！除此以外，在少校去世以后的几天里，她才接到礼物。什么原因呢？难道少校财产的继承人知道其中的某种秘密，为了赎愆他父亲的罪孽？还是为了解除自己良心上的不安呢？"

"为什么偏偏采取这种离谱的方式呢？不免适得其反了吧。与此同时，他为什么直至现在才寄这封信呢？而在六年以前为什么就不写呢？信里还说要还她一个公道，会获得什么公道呢？难道她的父亲还没有死？也许她还有什么其他的难言之隐？没错，这里边确实有许多难以理解的地方。"

福尔摩斯若有所思地做出决定，"今天晚上我们去一次，一切就会真相大白的。你瞧，来了一辆四轮马车，摩斯坦小姐就坐在里面。你都准备停当了吗？我们赶快下去，时间已经有点儿紧了。"

我连忙戴上帽子，拿了一根最重的手杖。福尔摩斯从抽屉里拿出了手枪，放进衣兜里——看来他已经料到今天晚上的事情有点儿冒险。

摩斯坦小姐头上戴着一条围巾，身上穿着一件黑色的外衣，脸色显得特别惨白。一位姑娘能在这样的情况下依然保持沉着，也的确很难得。福尔摩斯又对她提出几个疑问，她立刻做出了回答：

"舒尔脱少校和我的父亲特别要好，父亲几乎在每一封信中都提起他。他和父亲曾经在安达曼群岛一起工作过，可以说常常在一起。还有，我在我父亲的桌子里发现了一张很奇特的便条，可是没有人能看得懂，不知道和本案是否有关系，所以我将它拿来了，您可愿意看一看？"

福尔摩斯小心翼翼地打开纸条，又缓缓地把它铺展在膝盖上，接着拿起双层放大镜。

不慌不忙地认真观看了一遍以后，他说："这纸张是印度本地产的，以前曾经被钉在墙上。纸上的图好像是一所大建筑的平面图，有许多房间、走廊以及甬道；其中中间的十字是拿红墨水写的，上边有用铅笔写的字，

注释 愆（qiān）：罪过，过失。

模糊不清，好像是'从左边三·三七'。纸的左上角的那个字很神秘，形状像四个联结起来的十字形，一边用非常粗陋的笔法写着：'四签名——乔纳森·斯莫尔，莫霍曼特·辛格，艾伯杜拉？克汗，多斯特·艾克巴'。我难以判定这张便条和本案是否有直接的关系，可是我敢说这张字条是一个极其重要的材料。这张纸条很明显被特别谨慎地收藏过，似乎藏在一个皮夹里面，因为正面和反面的纸都很清洁平整。"

"没错，这是我们从父亲的皮夹子里找到的。"

"摩斯坦小姐，您先保存好它，说不定今后还有用处。现在看来此案远比我先前想象的要复杂得多，我得自己先想一下。"

他仰靠在车座的靠背上。我知道，每逢他深思的时候，都是双眉紧锁，目光呆滞。

摩斯坦小姐和我轻轻地聊天，不禁就说到了当前的行动。可是这个题目并没有把福尔摩斯先生吸引住，他始终一声不吭。

那天正是九月的一个晚上，浓浓的迷雾弥漫在空中，街道上一片泥泞，因为天色灰暗，看起来更加令人抑郁。街道两旁的路灯那么黯淡，好像被遮

注释 抑郁：(形)心有愤恨，不能诉说而烦闷。

盖住的荧光，人行道上几乎是黑漆漆的一片。道路两旁店铺中射出的灯光稍微亮一点儿，可是在迷茫的雾气里，依然是给人以模糊不清的印象。望着眼前的这番情形，我不由得满怀伤感。络绎不绝的人群，全都在忙什么呢？

不管是面带笑容的，还是满面愁容的，多少是是非非，天下那么大，人们又那么多，其中有多少离奇怪诞的事情呀。我立刻就想到了今天晚上即将经历的奇怪的事情，望望摩斯坦小姐，她也和我有同样的心情。只有福尔摩斯一人泰然自若，借着怀中的手电筒的光亮在放在他腿上面的记事本上不住地记着什么。

现在还不到七点，数不清的观众已经围在莱西厄姆剧院的入口处，简直挤得水泄不通。

街道上的四轮马车鱼贯而入，好像在过什么节日。男士和女士们一个个地从马车上下来，骄傲而又愉快地向剧院走去。我们三个人来到第三根柱子跟前。这个时候，一个身材矮小的男子走到我们前面，看模样是一个马车役，皮肤黝黑，身体强壮。

他问我们："你们是和摩斯坦小姐一起来的吗？"

"没错，这两位是我的朋友。"

这个男人用一种咄咄逼人的、疑惑的目光看着我们，语气非常固执地说："请原谅，小姐，你得保证，你的这两位同伴当中没有警察！"

"没有，我敢保证。"

于是，这人就轻轻地吹了一声口哨。只见一位街头流浪汉就领着一辆四轮马车走过来，到了面前以后，他毕恭毕敬地把马车门打开了。刚才的那个矮个子男人飞速地蹦到了车役的位子上，我们三个只得陆续上了马车。还没有等我们坐稳当，马车就飞驰在黑雾笼罩的街道上了。

马车要到什么地方去呢？我们也不知道，可是我们明明在期待着能够获得一点儿线索，一种能使真相大白的线索。我们要去做什么？没有人知道，可是我们不会被捉弄、被蒙骗。摩斯坦小姐仍然很勇敢、很镇定。正因为这样，我才想办法和她说话，是啊，我想给予她一丝鼓舞和宽慰。我为她讲在阿富汗冒险的故事，讲述战争中那奇怪的事情。因为我自己的紧张不安，因此把一些文不对题的话也都讲了出来，直至现在，她还将我为她讲的那个有趣的故事当作笑料来说呢：我怎样用一支双筒小步枪杀死了一只钻入篷子中来的老虎。起初，我还能看清我们所经路线的方向，但是到了后来，我就辨别不清东西南北了。车子在夜色笼罩下的浓雾里穿行。但是，头脑最清醒的还是福尔摩斯。他一面望着前面，一面嘟囔着所经过的街名：

"这是罗斯特街，到了文森广场了，前面是活克斯霍尔桥路，哦，现在咱们这是到萨利区去！没错！路是对的！现在上桥了，你们瞧，河水在隐隐约约地闪烁着光芒。"

我们两个一起看见了泰晤士河在傍晚的景色，水面闪闪发光，好像什么在眨眼睛一样。车子接着往前奔驰。河对面的街道乱七八糟的，使人如同进了迷宫一样。福尔摩斯又在嘟囔街道的名称了："活兹活期路、修道院路、拉克霍尔区、斯托克威尔、罗伯特街、冷港巷……我们要去的地方不像是上流人居住的地方。"

果真是这样，我们来到了这个可疑并且可怖的郊区。暗色的砖瓦房、俗气的客栈，不漂亮的花园，最高的房屋是两层的楼房。车子在一条巷子中的第三个门前停下了。周围黑漆漆的，似乎所有的房屋都没有人居住，更感受不到丝毫居民生活的味道。从第三个门前透出一点儿亮光，好像是厨房里的灯亮着。只见一个印度仆人为我们开了门。他头上包着一个黄色的头巾，身上穿着宽大的白褂子，腰里系着一条黄带子。

"我的主人正在等着你们……"

"奎特穆特，请把他们带进屋里，赶紧！"不等他的话说完，就听见另一个人的叫喊声传过来。

这个印度仆人，总给人一种不搭配的感觉，这样一个三等郊区，这样一个印度人。

 1.舒尔脱少校与摩斯坦小姐的父亲有什么关系？
　　2.马车行进中，福尔摩斯都看到了什么？

第四章　秃顶人的故事

 名师导读 Teacher Reading

我们随着那个印度仆人来到了主人的房间，一个矮小的秃顶人向我们介绍了整个事情的起因。在少校死后，他的后人决定分自己的财产给摩斯坦小姐，可是，其中少校的哥哥改变了主意，决定将财产据为己有。几个人决定去那里理论一番，接下来会发生什么事情呢？

我们跟着印度仆人走过一条又肮脏又混乱的甬道，来到了靠近房间右边的一个房间。一个前额秃秃、个子矮小的男人站在房间里。在微弱的烛光下，他的头顶却锃亮，秃顶的周围有一圈红色的头发，看起来极不协调。

门被打开了，他站在那儿两手不断地揉搓着，似乎不知道做什么好。他看上去焦虑不安，一会儿面带笑容，一会儿愁眉苦脸，他的下嘴唇下垂着，一口布满黄垢的牙齿长得参差不齐，因此他似乎有用手遮住嘴巴的毛病。

尽管他是一个秃子，可是年纪看起来并不太大，也不过刚刚三十出头的模样。这个秃头的声音既大又尖，并且讲起话来语无伦次。

"摩斯坦小姐，我愿意为你效劳，两位先生，需要我帮助你们吗？走，去我的小房间里，太小了！小姐，不太漂亮，让你见笑了！可是我的房间有

注释　锃(zèng)亮：反光发亮。
垢(gòu)：污秽，尘土一类的脏东西。

特点，不敢夸口，在这伦敦南部的荒漠里，我这可是一块艺术绿洲啦。"

他的房间确实使我们吃惊不已，总体而言，参观了这个人的房间很使人不舒服，房间里的陈设和房子的建筑非常不协调。墙壁上挂着豪华讲究的窗帘挂毯。拴好的窗帘中央显露出一些细心装饰的油画以及东方花瓶。地毯是黑颜色和琥珀色的，既柔软又厚实，脚踩在上边就好像踩在一片苔藓上一样，两张宽大的老虎皮横着铺展在地毯上，房间角落的席子上面那个水烟壶，更是具有东方的风格。屋正中央的天花板上，一根隐隐约约可以看到的金色线上挂着一盏银色的鸽子吊灯，灯芯燃烧的时候，空气里有一股股清香。

秃头心神不安、微笑着说道："我名叫撒迪厄斯·舒尔脱，当然，您是摩斯坦小姐，这两位先生……"

"这位是夏洛克·福尔摩斯先生，这位是华生大夫。"

他仿佛看到了离别很久的亲人似的说道："医生？太好了，太好了！您带听诊器来了吗？您是否能帮我听一听？我的心脏有问题，我的主动脉还算好，我依然愿意听一听您的看法。"

我立刻就听了听他的心脏，实际上他的心脏没有其他任何的毛病。他全身打哆嗦是因为极度恐惧导致的。于是，我郑重其事地说：

"一切正常，您尽管放心。"

他轻快了，大声说："小姐，请原谅，我一直感到不舒服，只要担忧就焦急，一焦急就感到不舒服！我总认为心脏出问题了。大夫说一切正常，那一定就没事了。好，我这下就不担心了。哦，摩斯坦小姐，您的父亲如果能控制住自己，没有使心脏负担太重的话，现在肯定还活着。"

我听了这句话不禁怒火中烧，真恨不得打他一巴掌。怎么可以这样说话呢？在别人没有一点儿思想准备的情形下，信口说出！

摩斯坦小姐听后面色苍白，全身虚弱无力，立刻就坐在了椅子上。

她喃喃自语道："我心里早就知道爸爸已经去世了……"

那个秃头说："我会把所有的事情都告诉你，我要还你一个公道！无论我哥哥怎样说，我都要还你一个公道！现在，你和你的两位朋友能来到我这

注释　苔藓：苔藓植物（Bryophyta），属于最低等的植物。

里，我很高兴。还有，他们两人正好也是我们一切的见证人，咱们不需要请警方和政府人员。是的，咱们一起和我的哥哥巴索洛谬做对……"

他坐在一把低矮的椅子上，用恳求的眼神看着我们。

福尔摩斯张嘴说道："我自己向您发誓，对您所做的事情和所说的话，都绝不会对别人说的。"

我也附和着点点头表示赞成。

他眨了眨噙满泪水的蓝色的大眼睛赞叹道："太好了，太好了！摩斯坦小姐，我为您先倒一杯葡萄酒吧？行不行？不喝？那也行，咱们都不喝了。哦，还有，我吸这种带着东方烟草味道儿的烟你们不会反对吧？我必须得吸烟，不然的话心情就难以平静。"

他的确点燃了一个大水烟斗，只见那烟雾从玫瑰水里缓缓地钻出来了。我们仨人都坐在他的身边，围成一圈。

他开口说话了："我原本就打算把我的住址对您说，但是又担心其他的人知道了出麻烦，因此我才想出这个主意，专门吩咐我的仆人先去拜访你们。他可是一个聪明的人啊，我特意叮嘱他，只要有可疑的情况，就不要把你们带到这里来。你们肯定也能理解我的良苦用心吧，我这人狂妄自大，不愿和陌生人打交道，特别厌恶警察。我厌恶性格野蛮的人，看到他们我就恶心。看到了吗？我这儿多么惬意安静呀，我觉得我是一个地地道道的艺术鉴赏家，我珍爱艺术就像珍爱自己的生命一样！喏，那幅风景画是科罗特的亲手作品，还有萨尔瓦多·罗莎的，还有布盖娄的。我特别喜欢法国派的作品。"

摩斯坦小姐禁不住打断了他的话说道："舒尔脱先生，请原谅，因为现在时间已经很晚了，您就把话说得简单一些吧。"

他无奈地回答说："无论如何也得再说个把小时，咱们还得到诺伍德去一趟，见一见我的哥哥。咱们大家都去，会战胜他的！我和他向来都合不来，前一天晚上我们还发生了一场争执呢，他根本不讲道理。"

我唐突地插话说："如果非去不可的话，那咱们赶紧出发吧，最好立刻就

注释　唐突：冒犯；亵渎。

出发。"

他听了以后哈哈大笑起来，满脸通红。

稍微停顿了一下，他又继续说："那可不行，我们绝不能突然袭击。我必须提前对你们讲清楚，以便让你们做好充分的心理准备。首先，此事很离奇，我自己都搞不明白。我不得不告诉你们我知道的事情。"

"我的父亲，正是前印度驻军里的约翰·舒尔脱少校，这些你们是知道的。他大概是在十一年以前退伍的，退休以后就到上诺伍德的樱沼别墅里来居住了。他可是在印度发了很大一笔财，带回许多许多的钱财，也有很多的古玩，还带回了好几名印度仆人。当然，他的日子过得很舒服，购置了一所住宅，整天过着舒适的生活。我爸就两个儿子，我和我的哥哥是一起出生的。"

"我曾清楚地记得摩斯坦上尉消失的消息，那时在社会上引起了很大的轰动。想起来了，我是看了报纸上的报道才知道的。因为我早就知道他是我爸爸亲密的朋友，就对他说过这件事情，他也和我经常谈论几句。可是没有想到，他竟然有事情隐瞒着我们，实际上他对上尉失踪的事情是知道内情的。"

"那时，我们也为父亲担忧，猜想他心里有一些秘密，不做违背良心的事情是不会害怕的，他一直藏在家中，还专门雇用了两名拳击手保护着他。还有，今天为你们驾车的威廉姆斯就是拳击手中的一个，他还曾经得到过轻量级的第一名呢。我的父亲从来都不告诉我们他害怕什么。可是我们心里清楚，他尤其怕安有木制假腿的人。有一次我目睹他开枪打一位安着木制假腿的人，最后把那个人打伤了。经过一番打听，才得知那是一个小商人。我们赔给他一大笔钱才了结了这件事。那个时候我们兄弟两个都认为这不过是父亲的一时激动，不经意打伤了那人，但是后来又发生了很多奇特的事儿，我们就都提高了警惕。"

"那是1882年初，我父亲接到了一封从印度发来的信。简直是突然而至的灾难，我爸爸看完那封信以后差不多昏倒在饭桌上。从那一天开始，他就一病不起，直至死去。究竟是为什么呢？那封信他也没有让我和哥哥看过。可是我们那时瞟见了，那封信写得并不长，字迹也不工整。我父亲得脾脏肿大已经很多年了，经过那么一折磨，病情迅速恶化，到了四月末，医生说他已经活不了多久了，就把我们两个叫到了他面前，听他的临死前的遗嘱。

　　"当我们两个走入他卧室的时候，他头靠着高枕，呼吸困难。他打了个手势让我们将门反锁上，然后站在他的床边上。他牢牢地握住我们的手，由于病折磨得他特别疼痛，而内心激动，他时断时续地对我们讲了一件不平凡的事情。此刻我尝试着用他的原话讲给你们听。"

　　"他说：'在我临死以前，只有一件事儿如同一块巨大的石头一般压在我的心口上，那就是我对不起那个不幸的无父无母的摩斯坦孤女呀。由于我那不可原谅的贪财本性，致使她没有能够获得她应该有的宝贝——其中起码有一半是她的。实际上我自己也没有用过它们。贪财真的是一种既无知又愚笨的做法。但是，有宝贝的滋味真让人感到非常舒服，我得到了财宝就舍不得将它再给其他的人了。看到金鸡纳药瓶一边的那一串珍珠项链了没有？尽管我是为了想送给她而拿出来的，可是就那么一个小东西，我都舍不得给呀。至于你们，儿子们呀，应当和她一起享有这些阿格拉珍宝呀。但是，在我断气以前，什么都不要给她——即使那一串珍珠项链都不要给。但是，人就算病到我这种程度，说不准有一天又会好起来的。'"

　　"他接着说道：'我会对你们讲摩斯坦是怎样死的。他有心脏病已经很多年了，可是他从来没有对任何人说过。只有我自己知道。当年在印度时，我们两人经历了一场奇遇获得了一大堆宝物。我把那些宝物全都带到了英格兰。摩斯坦抵达伦敦的那天晚上就径直来到这儿想取他应该得到的那一份财物。他从火车站走着来到这儿，是如今已经去世的我那忠诚的老仆人拉尔·乔达领他进来的。在分配财物的问题上，我和摩斯坦争了起来，我们争执得格外激烈。摩斯坦一气之下，从椅子上面一跃而起，就在那短暂的一刹那，他忽然用右手捂住了胸口处，脸色苍白，抬起头来向后倒去。他的头正好碰到了宝箱的一个角上。当我走过去弯下身子把他扶起来的时候，我害怕地发现他已经断气了。'"

　　"我紧张不安地坐了很久，不知道自己应该怎么办才好。当然，我第一要做的应当是报警，但是想到那时的情况，我绝不能报警，因为我很有可能被控告为杀人凶手。他是在和我争执时死去的，而他那个伤口对我来说很不利。除此之外，警察的审问一定会联系到财物上去，而我又想对这件事格外保密。他对我说过，没有人知道他到我这里来。所以，也不需要让别人知道此事。"

　　"就在我依然想这件事应该怎么处理的时候，我抬起头，突然看到仆人拉尔·乔达正站在房门口。他悄悄地走到屋里来，转过身把门插上。低声说道：'不要害怕，先生，没有人知道他的死是你造成的。咱们将他埋起来，没有人知道的。'我就说：'他的死和我没有关系。'拉尔·乔达一边笑一边摇着头说道：'先生，我都听到了。我听到了你们的争辩，听到他倒向地板的声音。但是，我会守口如瓶的。家人都已经睡熟了，我们两个一块儿把他埋起来吧。'通过仆人这么一劝，我不由得察觉到，如果连我自己的贴身仆人都不信任我，我还能希望那坐在陪审席中的十二位陪审员判处我没有罪吗？那天晚上我和拉尔·乔达一块儿把尸首掩埋了。没过几天，伦敦各大报纸上就刊载了摩斯坦上尉失踪的消息。依照我所讲的事情发生的过程，你们应当清楚，摩斯坦的去世不应该让我承担责任，而实际上，我的过错是除去私自埋葬尸首以外，还隐瞒了宝物。我不但获得了我应该得到的那一部分，并且还独吞了摩斯坦应该得到的那一部分。因此，我想让你们把财宝还给摩斯坦上尉的女儿。过来，请凑近一点儿。宝藏……'"

　　"就在这个节骨眼上，他的面孔忽然变得十分吓人，两眼放出愤怒的光芒，下巴低垂着，用一种使人无法忘记的嗓音喊道：'让他滚！看在上帝的名义上，让他滚！'我们一起转过头去看他紧紧地望着我们背后的那扇窗子。黑乎乎的窗子上，一张脸正注视着我们。我们看到了他那紧贴着窗子玻璃而被挤得惨白的鼻子。这是一张留着乱七八糟的胡须、目光凶恶、表情恐怖的一张脸。我和哥哥一起奔向那个窗子，可是那个人立刻就不见了。当我们再转过身子重新回到父亲身边的时候，只见他的头已经垂到一边，心脏也不再跳动了。"

　　"那天晚上，我们把花园都找遍了，可是没有发现那个可疑人的一点儿痕迹。假如不是找到了那个窗子跟前的花圃上留下来的一个深深的脚印，我们甚至认为那张凶狠、狰狞的脸是我们看花了眼。但是，事隔几天我们就又得到了更准确的证据，原来有一群人正在我们的四周鬼鬼祟祟地活动。第

注释　狰狞：凶恶可怕。

二天清晨，我们看到父亲卧室里的窗子都被打开了，他的柜子和箱子全都被搜查了一遍，在他的衣服箱子上面钉着一张被撕烂的便条，上边潦草地写着'四签名'。这究竟是什么意思，这个来搜我父亲房间的是什么人呢，我们都百思不得其解。我们所能肯定的事实就是，尽管我父亲的柜子和箱子都被搜过了，可是他的财宝却完好无损。我和哥哥凭直觉感到这一件奇怪的事情和父亲往常的害怕神情有着一定的联系，可是至今我们也没有得到答案。"

这个秃头停顿了一下，重新将他那水烟壶点燃，沉思着接连抽了好几口。我们默默地坐在那里，专心致志地听他叙述那奇怪的故事。摩斯坦小姐在听见讲述她父亲死去的那一情景的时候，脸色变得惨白，我害怕她会昏倒。于是，我连忙悄悄地从搁在身边桌子上的一个威尼斯式彩色玻璃水瓶中倒了一杯水让她喝，她才恢复过来。夏洛克·福尔摩斯倚在椅子的靠背上，闭着眼睛思考着。一看到他，我不由得记起，就在今天他还讲什么生活无聊单调，但是如今却有一个最能令人兴奋的案子等着他去破了。撒迪厄斯·舒尔脱先生一会儿瞅瞅我们这个，一会儿望望那个，很明显，他对自己的讲述所带给我们情绪波动感到骄傲。然后，他抽着水烟壶，接着讲述。

"你们很容易能想到，当我和哥哥听到父亲谈起那些宝贝，我们不禁心花怒放。经过很久，我们掘遍了花园里的每一块土地，到最后却依然什么也没有找到。只要想起隐藏宝贝的地方居然留在了他临死的嘴里，简直急死人了。就只看那一串珍珠项链，我们就能想出那些渺茫难找的财物是多么地昂贵。关于那串珍珠项链的处理，我和哥哥巴索洛谬曾经吵了一架。这串珍珠项链显然很贵，他有点儿舍不得。在对待朋友和财物上，我的哥哥和我的父亲几乎一样。他觉得，如果我们将这串珍珠项链送给别人，也许会引起别人的议论，到头来还会给我们惹来麻烦。我所能办到的就只是说服他，让我把摩斯坦小姐的住址找到，然后，每间隔一段时日就给她寄一颗弄下来的珠子，这么一来，起码能让她不用为生活而发愁。"

福尔摩斯诚挚地说道："心地真善良，你真是一个大善人呀。"

那个秃头不好意思地摆摆手。

他继续说："我们只不过是这批宝物的保管人，这是我的看法，可是我的哥哥巴索洛谬却不这样认为。我们原本已经很有钱了，我不想再奢望其他的。而且，用各种无耻的行为去对一位姑娘，这是社会不允许的。'鄙俗为罪恶之源'这句法国谚语很有道理。由于我和我哥哥在这件事情上不能达成共识，于是，我认为，我们两人最好不要再住在一起了，就这样，我领着一个仆人和威廉姆斯离开了那里，我哥哥依然住在樱沼别墅。但是，昨天我获得了一个重要的消息，那批宝物找到了。我立刻就通知了摩斯坦小姐，目前就只剩下我们赶车到上诺伍德去向他要回咱们应该得到的那部分财宝了。昨晚，我已经对我的哥哥巴索洛谬将我的看法解释了一番。也许他不情愿把财宝给咱们，可是他已经答应在那里等我们了。"

撒迪厄斯·舒尔脱坐在他那华丽的矮凳上讲完他要讲的话，他的身体好像还在哆嗦。我们大家全都静静地品味着这个奇怪的故事的整个过程，福尔摩斯站起身来。

"先生，您从开始到结束都讲述得不错。我们会告诉您很多更加莫名其妙的事情作为报答。但是，正像方才摩斯坦小姐所讲的，时间已经不早了，我们最好还是先去办正经事吧，免得再耽误了。"

我们这个刚刚认识的朋友不慌不忙地把他那个水烟壶的烟管盘好，又从幔子后边拿出一件羔皮领袖的长外衣。虽然晚上依然很热，他却把长外衣由上到下系得严严实实的，最后他又戴上一顶兔皮帽子，把帽檐盖住耳朵，这么一来，除去他那副变幻莫测、瘦削的脸以外，身上的其他部分全都遮掩起来了。

在带我们朝甬道走去的时候，他说道："我身子很孱弱，完全是一个病秧子。"

马车已经在外边等着了，很明显，为了我们这次出去拜访早已经准备好了。我们刚爬上马车，车子就立刻奔驰起来。撒迪厄斯·舒尔脱整个路途中都不停地说着，声音压过了车轮子的声音。

"我哥哥巴索洛谬是一个精明人。你们想一想他在什么地方找到的宝贝？因为我们在花园中到处挖了一遍都没有找到，他就确定它们肯定被隐藏在室内。于是，他对房屋的容积和尺寸都量了一遍。最后，他发现这所房子的高度是七十四英尺，但是别的屋子的高度和楼板的厚度加起来，一共才

注释 孱（chán）弱：瘦弱；衰弱。

七十英尺，整整相差四英尺。这个差距只有在屋顶上查找了。所以，他在最上面一层楼的屋子里用板条和泥灰制成的天花板上捅了一个窟窿。他找到了一个彻底封闭、没有人知道的暗室。宝物就放在天花板上面的两根木头上。他将财宝拿了下来，看到了里边的珠宝。他估算了一下，这些珠宝最起码值五十万英镑。"

五十万英镑，这样一个吓人的数字，足以让她从贫穷的家庭教师摇身变成英格兰有钱的女继承人。可是这个消息却让我怎么也高兴不起来，在我心口却好似压有一千斤巨石。果然我还是有私心的，讲了几句口是心非的话，便不再作声了。

作为医生我好像很受重视，这位刚认识的朋友从他衣兜的皮夹子里拿出了很多的秘方，想让我针对这些秘方的使用和用途说出自己的看法。我真想让他将我那天晚上对他所讲的所有的话都忘记。很明显他是一位不折不扣的疑病症患者，他说出了一长溜的症状。福尔摩斯还没有忘记那天晚上我嘱咐他用蓖麻油不要超过两滴，还对他说最好服用大量的的士宁，把这些当成镇静剂。这彻头彻尾的是一个魂不守舍的医生的典型的瞎说。无论如何，直至马车突然停止，马车役打开车门，我才回过神儿来。

"摩斯坦小姐，这儿就是樱沼别墅。"撒迪厄斯·舒尔脱颇为热情地把摩斯坦小姐搀扶下车的时候说道。

注释 蓖（bì）麻油：一年生或多年生草本植物，种子称"蓖麻子"，可榨油，医药上用做轻泻剂，工业上用做润滑油等。亦称"大麻子"。

思考 撒迪厄斯·舒尔脱邀请摩斯坦小姐来的用意是什么？

第五章 樱沼别墅的惨案

名师导读 Teacher Reading

福尔摩斯一行几人来到樱沼别墅，可是房间的主人却被人害死了。散发着沥青气味的房间是反锁着的，主人的耳根边上的一棵荆棘成了杀人利器。究竟又发生了什么，事情又一次变得诡异了。

伦敦城上空笼罩着的那层湿乎乎的雾气已经散开了，夜晚的景色清静美好，温暖的西风刮着团团云朵，月亮露着半圆的脸在天空中忽隐忽现。我们抵达樱沼别墅的时候已经快夜里十一点了，撒迪厄斯·舒尔脱为了使街道能够看得清清楚楚，从马车上面拿下一盏灯来。

樱沼别墅孤零零地矗立在那里，它的周围全是很高的石头墙，石头墙的上端插着很多破碎的玻璃，给人一种恐怖吓人的感觉。一扇正反两面都用铁皮遮盖着的不太大的门是仅有的一个进出口。我们的领路人在铁门上咚咚地敲打了两下。

里边一个粗鲁的嗓音问道："谁呀？"

"我，迈克默多。现在除去我，还会有谁呀？"

咕咚声夹杂着钥匙哗啦啦的声音，门慢慢地向后拉开，一个身体矮小、很结实的男人出现在门口，手中拎着一盏发出微弱的黄光的灯笼，灯光映着他那往外看的脸和一双满是狐疑的眼睛。

"是撒迪厄斯先生吗？剩下的那几个人是谁？对不起，没有得到主人的许可，我不能放他们进来。"

"不放他们几个进去，迈克默多？怎么回事儿！我昨晚就和我哥哥讲好了，我今天要领几位朋友来。"

"今天整整一天巴索洛谬先生就没出屋，这件事儿他没有告诉我。这里的规矩您清楚得很，我可以放您进来，可是您的那几位朋友只能在外边等着。"

这一情况是我们没有想到的。撒迪厄斯·舒尔脱十分尴尬地说道：

"迈克默多，你怎么能这样呢。难道有我的保证还不行吗？况且这儿还有一位小姐，怎么能叫她三更半夜地站在大门外面呢！"

看门人依然固执己见地说道："很抱歉，撒迪厄斯先生，可能他们和您是朋友，可是不见得和我的主人是朋友。他出钱雇佣我，我可不能失职。何况，您的朋友我从来都没有见过。"

夏洛克·福尔摩斯心平气和地叫道："哦，迈克默多，您真的没有见过我吗？我觉得您总不会也不记得我了吧。还记得四年以前的那个夜晚吗，在艾里森场子中为您举办拳击比赛，和您打了三个回合的业余选手吗？"

这个专业拳击手恍然大悟喊道："是夏洛克·福尔摩斯先生吗？我的天呀，我怎么就没有看出您来呢？与其站在那里什么都不说，您还不如出手打我一拳呢，那样我早就认出你来了。嗨，您是一位天才拳击手，如果坚持长期练下去，您肯定能够大有作为的。"

福尔摩斯笑了笑说道："看，华生，就算我失业了，我依然可以找到一种填饱肚子的职业。我敢保证，此刻咱们的朋友肯定不会把我们拒之门外了。"

"先生，快请进，快请进来吧，请您的那几位朋友也都进来吧。撒迪厄斯先生，我实在对不起，主人的规矩的确很严，一定得问清楚来者是谁，我才能放他们进门。"

走进大门就是一条用石子铺成的小路，它通过一片什么都没有的空地，一直通往一所大房子，这是一所外表方方正正，结构很普通的房子。今天晚上整所房子几乎都遮掩在黑暗里，只有一缕月光射到屋顶的一个角上，射在最上面那层楼的窗子上。这样大的一所房子，阴森森、寂静得使人浑身打战。撒迪厄斯·舒尔脱也显得有点儿不自在，连拿在他手里的灯都颤动得发出了声音。

他结结巴巴地说："我真弄不明白，这儿到底发生了什么事儿。我分明对巴索洛谬说过我会到这里来。但是他的卧室里一片黑暗。我真搞不明白这究竟是怎么回事。"

福尔摩斯机警地问："他平常也是这样大门紧闭吗？"

"没错，他沿袭了父亲的习惯。你知道的，他是父亲最喜欢的儿子，我有的时候甚至觉得父亲对他讲的事情要比对我讲的多得多。那个月光射着窗子的屋子就是巴索洛谬的卧室。那里被月亮照得通亮，但是，我看屋子里没有亮灯。"

"是的，屋子里没有亮灯。"福尔摩斯说道，"可是我看到门房里那扇小窗子中有闪烁的灯光。"

"哦，那是女管家伯恩斯坦老太太的屋子。但是，你们先必须在这里等一下，如果我们一起进去，她会害怕的，因为她在这以前不知道我们要来这里。嘘，那是什么东西？"

他立刻把灯举到高处，手的颤动致使灯光摇摇晃晃的。摩斯坦小姐立刻抓住我的胳膊。我们大伙儿都有些害怕，我们静静地聆听着。一种极其悲伤凄惨的声音打破了这沉寂的夜晚，从那所大大的黑乎乎的屋子里传出来，那是一个恐惧的女人喊出来的凄凉哭泣的声音。

舒尔脱说："这是伯恩斯坦太太的喊声，这房子里只有她一个人是女的。在这里等一会儿，我很快就回来。"

他迅速地跑到门前，用一种独特的方法敲了两下门。一位高个子女人如同见到久别的亲人一样把他迎进屋里。

"'哦，撒迪厄斯先生，快进来，好极了，您来得正是时候。撒迪厄斯先生。"这些兴高采烈的话语，直到房门被关上了我们还可以模模糊糊地听得到。

我们的领路人把灯留在了我们这里。福尔摩斯就拎着灯慢慢地、仔细地观看着这所房子的周围和那些扔在空地上的许多的废物。我和摩斯坦小姐肩并肩站在那里，她的一只手在我的手里紧紧地抓着。爱情真是一件让人不可理解的事儿，在这以前，我们两人从来都没有见过面，即使今天我们在一块儿，也没有说过一句甜言蜜语。可是这时，在我们碰上麻烦时，我们两人的手就情不自禁地握在了一起。以后的日子里，每逢我回忆起这件事，依然感到心中一阵激动。但是，在当时的情形下，去护卫她好像是出于理所当然而并非一种意识，就像她后来经常对我说的，她那时也有和我同样的感觉，只有依靠着我，才能获得慰藉和保护。因此，我们两人就像孩子一样，手拉着手站在那里，虽然到处都是危险，我们却毫不畏惧。

她望了望周围，说道："这里真奇怪啊！"

"好像全英格兰的老鼠都光临这儿一样。像这样的场景，我只在巴拉莱特的山附近见到过，那时很多探矿的正在那儿挖地。"福尔摩斯道，"这儿也被挖过一遍了，不要忘记，为了那批宝物，他们花费了六年的时间四处挖掘。这就是这片土地为什么像一个沙砾坑一样了。"

这个时候，屋门忽然打开了，撒迪厄斯·舒尔脱跌跌撞撞地跑了出来，两眼充满了害怕。

"巴索洛谬肯定出事儿了！吓死我啦！"

羔皮衣领中露出的是一副抽搐、苍白的面孔。他就如同一个吓傻了的小孩儿一样在跑着呼喊救命。

福尔摩斯直截了当地说："咱们赶紧进屋去吧。"

撒迪厄斯·舒尔脱随声附和道："是啊，快点儿进屋吧！我算是没辙了！"

我们一起跟随着他走进了靠近甬道左侧的女管家的屋子。一位老太太摆弄着手指，焦躁不安地在房间里走来走去。可是，当她一看到摩斯坦小姐的时候就显出颇为舒心的模样。

她用激动的哭声叫道："天啊，一位多么温情和善的姑娘呀！看到你，我心情好了很多。哦，这一天我简直快难受死了！"

我的伙伴慢慢地拍了拍她那枯瘦、粗糙的手，轻声地咕哝了几句温和安慰的话，这么一来，老太太那苍白的脸才慢慢地恢复如初。

她解释说："主人将自己反锁在房间里，不和我说话。整整一天我都在等待着听他的吩咐，我知道他常常喜欢独自一人待着；但是，一个钟头以前，我开始担忧是不是出了什么事儿。于是，我就走上楼，从钥匙眼里往屋子里窥视了一下。撒迪厄斯先生，您必须要上楼去看一看，您必须得上楼亲自看

注释　慰藉（wèi jiè）：安慰、抚慰。
　　　窥视：暗中观察。

一看。十年以来，巴索洛谬·舒尔脱先生快乐和忧伤的模样我都看到过，可是我从来没有见过他这样一张脸庞。"

夏洛克·福尔摩斯拎着灯走在前面，撒迪厄斯·舒尔脱由于害怕上下牙齿相互碰撞着，浑身直打战。看到他吓成这副模样，上楼的时候我就扶着他，因为他的双腿一个劲儿地颤抖。我们上楼的时候，福尔摩斯两次从衣兜中掏出放大镜，仔仔细细地查看着楼梯上垫着的棕毯上的泥印子。他把灯很低地提着，前后左右、来来回回、仔仔细细地查看着，然后缓缓地一级级地走上去。摩斯坦小姐没有上楼，陪伴着惊魂未定的女管家。

上了三级楼梯以后，前边就是一条相当长的甬道。楼梯口右面墙上悬挂着一块很大的印度挂毯，左边有三个房间。福尔摩斯依然一边查看一边缓缓往前走，我们紧紧地跟随他的后面，我们这些人的影子都长长地投在后面的甬道上。我们走到了目的地第三扇门前，福尔摩斯用力地叩了叩门，可是屋内没有人回答，他又扭转门把手，使劲儿推门，可是依然无济于事。我们将灯凑近门缝搁着，借着一点点儿亮光，夏洛克·福尔摩斯弯下身子，透过钥匙眼儿向里望，忽然，他好像倒吸了一口凉气一样，突然站起身来。

我从来没有见到他这样冲动过，他对我说道："华生，事情的确有点儿可怕，你也来瞧瞧。"

我靠过去，从钥匙眼里向房间里一望，我立即被眼前的情景吓得缩回身子。黯淡而摇曳晃动的月光照亮了屋子，隐隐约约中，一副悬挂在半空中的面孔正望着我，因为脸部以下部位全都沉浸在黑影里，这副面孔和我们的同伴撒迪厄斯的面孔几乎完全一样。也是高额、秃头、后脑勺上有一圈红色的头发，面孔苍白。一张龇着牙咧着嘴恐怖地微笑着的脸在轻柔的月光照着寂静的屋子里，比任何一副凄惨痛苦或者歪曲变形的面孔更能让人浑身起鸡皮疙瘩。房间里的这张脸是那么和我们的同伴相像，致使我不由自主地转过头去瞧瞧那秃头的伙伴是不是的确还在我们身边。后来，我忽然想起，他曾经对我们说过，他们是双胞胎。

我对福尔摩斯说："这简直太吓人了！如何是好呀？"

他回答说："必须先把门弄开。"话音未落他就使尽浑身的力气向门冲了过去。

门咣当一声响起来，可是没有弄开。于是，我们大家一起又猛地冲过去，只听到"啪"的一下子，门锁断了，门打开了。我们冲进了巴索洛谬·舒尔脱的屋子里。

这个房间里摆设得和一间化学实验室差不多。正对屋门的墙上放着很多盖玻璃塞的烧瓶，桌子上放满了本生灯、试管以及蒸馏器。很多盛着酸性试剂的药瓶子放在一个角上，瓶子外面包着用藤编织的套子。里面好像有一个药瓶子已经有液体流出，或者说已经碎了，因为从那里边流出了许多黑色的药水，整个房子里都散发着一种尤其难闻的沥青味。在房间的另外一边竖着一架梯子，一堆乱七八糟的板条和泥灰堆在地上，顺着梯子往上看，上方天花板上有一个很大的窟窿，这个窟窿足以钻进一个人。梯子的脚下盘绕着一大团长长的绳子。

桌子旁边，我们这个房间的主人安静地坐在一把木制的安乐椅子上，他的头歪在左边的肩膀上，脸上带着狰狞的微笑，十分可怕。他的尸体已经僵硬了，很明显已经死了很久了。照我看，他不仅脸上的表情奇怪，就连他的四肢都歪曲成各种形状。在他搭在桌子上的手一边搁着一种怪模怪样的器具——一根十分粗糙的棕色的木棒子上边草草地拿粗麻绳系着一块石头，好像是一把原始时代的锤子。它的上面有一张上边胡乱写着字的撕破了的纸。福尔摩斯将它拿过来看了看，然后又递给我。

他含有深意地抬起眉毛说道："你看一看。"

借着灯的亮光，我用害怕发颤的嗓音念着："四签名。"

我禁不住问道："我的天啊，这到底怎么回事儿？"

他正弯着身子检验尸首，说道："谋杀，哦，果真被我猜中了，看看这儿！"

他用一根手指头指着正好刺在死者耳朵上方一个黑色的长长的荆棘一般的东西说。

我说："看样子这很像荆棘。"

"对，这是根荆棘，你把它拔下来。可是，要当心点儿，因为它上边肯定有毒。"

我用拇指和食指拔下那根带毒的长刺。荆棘一拔下来，伤口就闭合了。如果不是还有一个小血点留在伤口处，几乎没留下任何痕迹。

我说："对我而言，此事完全是一件令人不可思议的怪事儿。如今我不仅没有搞明白，反而是有点儿糊涂了。"

福尔摩斯回答说："恰恰相反，每一个环节都清清楚楚。我只需要再弄清楚几个细节，就真相大白了。"

我们自从走进这个房间，差不多把我们的同伴给忘记了。他依然站在屋门口，浑身还在打战，不住地为哥哥悲叹着。

忽然之间，他失望地尖叫起来："财宝全丢了！他们将宝物全都拿走了！我和哥哥就是从那个大窟窿里把宝物拿下来的。我是见到他活着的最后一个人。我昨天晚上是在这儿和他分开的，我下楼时，还听到他锁门的声音。"

"昨天晚上什么时候？"

"十点。如今他已经死了，警察来了以后肯定会怀疑是我杀死了他。他们一定会这样看的。但是，先生，你们不会怀疑我吧？你们一定不会以为是我杀的他吧。假如是我做的，我为什么还亲自把你们领到这儿来呢？哦，我的天哪，我几乎要发疯了。"

他**痉挛**起来，烦躁得很难控制住自己。

福尔摩斯慢慢地拍拍那个可怜的弟弟，"你根本用不着害怕，舒尔脱先生。听我说，赶车到警察局去报警，同时竭尽全力帮助他们。我们会在这儿等着你回来。"于是疑虑仍未消的他，只得跌跌撞撞地跑下了楼。

注释 痉挛：肌肉突然做不经意挛缩，俗称抽筋。

思考 仆人因为什么理由放福尔摩斯他们进去的？

第六章　夏洛克·福尔摩斯做出判断

名师导读 Teacher Reading

　　通过对房间的观察福尔摩斯已经猜到了一些线索，但仍有一些细节不太明了。警察来了，却要抓走撒迪厄斯。福尔摩斯说出了一个犯罪嫌疑人的名字。接下来，就是查找另一个人的时候了，又将发生什么事情呢？

　　福尔摩斯虽然成竹在胸却也有些小细节不是很清楚，他使劲地搓着双手说道："华生，我们只剩下半个小时的时间了。整个案件几乎明朗化了，可是，看起来简单，简单中却藏着很多烦琐深奥的事情。""你认为很简单？"我忽然脱口而出。

　　他就如同一个临床教授在为一个学生讲课一般说道："看起来很简单。请你先坐到那个墙角去，防止你的脚印把事情弄得更复杂了。此刻开始工作吧。首先，我们先瞧瞧这些凶手是怎样进来的，又是怎样走的。从昨天晚上开始屋门就没有打开过。可是窗子呢？"他拎着灯向窗前走去，高声咕哝地推测着，完全是在自己对自己说话。"窗子是里边关紧的，窗子框也很结实，咱们把它打开瞧瞧。附近没有上雨水管道，屋顶距地面也有一段距离。可是窗台上曾有人站过。昨天晚上下过一场小雨。瞧，这里有一个大脚印子。这儿有一个圆形的泥印，地上有，桌子上也有。看，华生，看看这儿，还真有一个很重要的证据。"

　　我看了看这些圆形的泥印子，说道："这可不是脚印。"

"这印子对我们却很有用。这是一根木棍子的印子。你瞧，窗台上面是靴子印———一只后鞋跟钉着宽铁掌的厚套靴，而一边是一只木制假腿的痕迹。"

"这就是那个安着一条假腿的人。"

"没错。可是另外还有个人———一个十分灵活又精明的同犯。医生，你能从那面墙上爬上来吗？"

我伸出头往窗外望了望。月光依然很亮地照在屋子的一个角上。我们距地面起码有六十英尺多高，而墙壁上连一个插脚的地方都没有，即使是一个砖缝都没有。

我肯定地回答说："从这里绝不会爬上来。"

"没有人帮忙是绝对爬不上来的。可是，如果你有一个朋友拿放在墙角的那根粗粗的绳子，一端系在墙上的大挂钩上，另外一端丢给你，我认为，只要你是一个能活动的人，就算是安着假腿，你也能顺着绳子爬上来。当然，你依然可以用这样的方法爬下去，然后，你的朋友再将绳子扯上去，解下挂钩上面的绳子，关好窗子，从里面插上，再从来的地方逃走。"他指指绳子，接着说，"还有一个非常值得留意的情况，就是我们那个假腿朋友，尽管他的爬墙本领很高，可是却并非一个娴熟的水手。他那两只手不像习惯在桅杆上爬上爬下的水手一样有层厚厚的茧子。我拿放大镜在绳子上面观察到多处的血迹，特别是在绳子的末端。从这里可以判定，他顺着绳子爬下去的速度太快，而把手心的皮都给擦破了。"

我插话说道："你所说的没错，可是事情却越弄越复杂了。他那个同谋是谁？他又是怎样进来的？"

福尔摩斯若有所思地说道："很对，还有他那个同谋。这个家伙遗留下的痕迹确实有点儿奇怪。他的加入把本案搞得更加没有头绪了。我认为这位同谋在我国开辟了新的犯罪史———尽管在印度有这样的案情，假如我没记错的话，在塞内于比亚也有过这样的作案方式。"

"那么他又是怎样进去的呢？"我禁不住再次提出了一个问题，"屋门紧锁着，窗户也关着。难道是从烟囱里钻进来的？"

他回答说："我也想过这种可能性，可是烟囱太小了，他不会从那儿进来的。"

我逼问道："那么，他到底是怎样进到屋里来的呢？"

他摇摇头说道："你总是不按照我所讲过的考虑问题的方法去进行考虑。我曾经说过很多次，当你排除所有不可能因素以后，剩下的，就肯定是可能的了。我们已知道了，他不是直接从屋门进来的，而是从窗子里或者是从烟囱里进来的，咱们还知道了他并没有提前隐藏在房间里，因为房间里没有什么可以躲避的地方。那么，他究竟从什么地方进来的呢？"

"从房顶的那个窟窿里进来的。"我喊道。

"没错，毋庸置疑，他只能从那儿进来。请不要在意，帮我拿一下灯，咱们此刻就一块儿到上边的洞里去看一看——就是那个藏着财物的暗室。"

他爬上梯子，双手抓住橡木翻了一个身进入暗室里，接着他弯腰向下，拿过我手里的灯，我也就立刻上去了。

这个暗室大概长十英尺，宽六英尺。下面是橡木结构，当中铺的是一些薄薄的板条，抹上了一层灰泥，因此，在上面走路的时候必须踏在一根根的橡木上面。房顶是尖锥形的，可以说这才是这所房屋的真实屋顶。这上边除去很厚的尘土以外，什么也没有了。

福尔摩斯手扶着一堵斜墙说道："你看，这就是通向房顶的暗门。我将暗门打开，外边就是坡度很小的房顶了。第一个家伙就是从这里进来的。我们再找一找，看是不是能找到一点儿能说明他个人特点的蛛丝马迹。"

他把灯放在地板上，就当他这样做时，那种惊奇的表情又一次显露在他的面孔上。当我向他的眼睛凝视的地方望去的时候，我也身不由己地颤抖了一下，地面上全是光脚的脚印——脚印非常清楚、完整，可是却没有常人脚的一半大。

我不禁感叹道："福尔摩斯，这骇人的行为是一个小孩儿做的！"

他稍微缓了缓神儿，说："我也曾经有点儿迟疑，然而这是一件非常普通的事情。出错了，我应该能预想到这一点。这里没什么可找的东西了，咱们先下去吧。"

注释　　窟窿（lóng）：洞。

　　　　骇（hài）人：使人充满惊骇恐慌。

刚回到下边的屋子里，我就急不可耐地问道："关于这些小脚印，你到底有什么看法呢？"

"亲爱的华生，你自己好好想想吧。"他有点儿烦躁地说道，"你知道我的推断方式，照葫芦画瓢吧，最后我们分别把自己的结论相互交换，彼此也好有一个对比。"

我回答说："现在这些东西实在很难使我想得通。"

他直截了当地说道："你很快就会想出来的，尽管我觉得这儿再也没有什么有用的情况了，可是我还得查看一下。"

只见他从衣兜中掏出放大镜和皮尺，然后半跪在地板上，他那细细的鼻子距地板只有几英寸，他的双眼深奥莫测，很像一只鹰。他在房间里来来回回地丈量、对比和计算。他的举止是那么迅速、没有声音和神秘，就仿佛一只有经验的猎犬一样。我不由得想到，如果他没有将他的心思和智慧用在维护法律上，那样他会是一个多么令人害怕的犯人呀！他一边查看一边喃喃自语，最后他忽然快乐地大声叫喊起来。

"咱们真幸运，如今咱们再也没有什么难题了。这个家伙倒霉地踩在了木馏油的瓶子上，在这刺鼻的东西的旁边，你能够看到他那小小的脚印子。这装油的瓶子碎了，里边的油都流了出来。"

"那么，这有什么值得庆幸的呢？"我不解地问道。

他回答说："没有其他的，但是，咱们已经快要掌握他了。你想想，狼群能闻着气味儿**寻觅**到食物，一只狗也能闻着臭味找东西。一只经过专门培训的狗追踪这样浓的气味儿，不是很简单吗？这听上去像一条定律，它的结果应该是——哦，警察到了。"

从下边传过来了杂乱的脚步声、乱七八糟的讲话声和大厅内沉重的关门声。

福尔摩斯说："趁着他们还没有上来，把你的一只手搭在这个死者的肩膀上，另外一只手搁在他的一只腿上面，感觉怎样？"

我回答说："肌肉像木头一样硬。"

注释　寻觅：寻求；寻找。

"对了，是剧烈痉挛，和一般的死亡僵硬不一样，还有脸上的歪曲和狰狞的笑，你有什么推断？"

　　我回答说："他死在某种植物性的生物碱的剧毒上，能导致强直性痉挛。"

　　"我一看到他那扭曲的脸上的肌肉，就知道死者肯定身上中了剧毒。刚进到屋里来我第一想要弄明白的就是毒物是怎样进入他身体里的。正像你所看到的，我找到了那根扎入或者射入死者头上的荆棘。请留意，假如死者那时是在椅子里坐着，那样刺的末端应该冲着天花板上的那个窟窿。此刻咱们认真看一看这根刺儿。"

　　我小心地把那根刺拿起来，朝着灯光细心地看起来。这是一根既尖又长的黑色的刺，在挨近刺尖端的位置好像有一层干了的胶质物，刺的根头是拿刀子削过的。

　　他又问道："这是在英国生长的一种荆棘吗？"

　　"不，绝对不是。"

　　"依据这些线索，你应当能获得一个适当的判断。这是重要的一点，而剩下的事情就手到病除。"

　　就在他说话时，杂乱的脚步声已经来到了甬道，一个身上穿着灰色衣服、矮矮的胖子走进屋里。他脸上红红的，肿胀的凸眼泡里生着一双细小、明亮的眼睛。紧紧地跟随在他背后的是一个身穿制服的警长和胆小如鼠的撒迪厄斯·舒尔脱。

　　他以一种沉闷嘶哑的声音喊道："这发生了什么事儿！乱七八糟的！这几个人都是谁？这房间怎么闹得如同一个大养兔场一样！"

　　福尔摩斯镇定自若地说道："埃塞尔尼·琼斯先生，我觉得你肯定还认得我吧！"

　　他气喘吁吁地说道："哦，当然认得，你这个大理论家夏洛克·福尔摩斯。我怎么能不认得您呢！您给我们上过课，讲那件主教门廊珍珠的案件的起因和结果以及推断过程，我到现在还记得呢。你确实把我们引到了正路上，可是，你也得承认，那回最主要还是你很幸运，而不是完全靠您的英明指导。"

　　"那是一宗十分简单、容易破解的案子。"

"哦，算了，算了！这没有什么难为情的。但是，这到底又是怎么回事儿呢？简直糟糕透顶！糟糕透顶！现在就在这里，不需要再用理论来判断了。碰巧了，我正好为了另外一个案子而来到了上诺伍德！报案的时候我恰好在警署里，你觉得这个人是怎样死的呢？"

　　福尔摩斯轻蔑地回答说："哦，这个案件好像用不着让我再去用理论来判断了。"

　　"没错，没错。但是，我们必须承认您有的时候也能一语道破要点。但是根据我所知道的，门反锁着。可是价值五十万元的宝物却不翼而飞了。窗户开着没有？"

　　"没有，但是窗台上面有脚印。"

　　"噢，假如窗子是紧闭着的，那样这个脚印就和此案没有关系了。这是常识。这个人可能由于太愤怒而死，可是，财宝不见了。哈，我有办法啦！我经常也会突然想出办法。警官，你到外边去，还有舒尔脱先生。您的伙伴，这位医生可以留在这里，福尔摩斯，您觉得这是怎么回事儿呢？舒尔脱先生自己说他昨天晚上和他哥哥在一块儿。他的哥哥在一气之下死去，而舒尔脱趁机拿着宝物逃走了。您觉得是这么回事儿吗？"

　　"那么他哥哥死了以后又站起来在里边把门锁上。"

　　"嗯，这个破绽我倒没有想到！咱们再依据基本常识来推断一下。我们所知道的是：撒迪厄斯·舒尔脱昨天晚上和他的哥哥一起待在这里，兄弟两个曾经争执过。哥哥死去了，财物丢了。我们还了解到，从撒迪厄斯离开以后，没有人再见到过他的哥哥。他的床上没有人躺过的痕迹。撒迪厄斯分明心里感到紧张。他脸上的表情也很反常。您会清楚的，只要我对撒迪厄斯施行高明的压制，他就会逃脱不了的。"

　　福尔摩斯："你依然没有了解事情的真相。这个足够让我们相信带有剧毒的刺儿，是从死者的头上拔出来的，此刻你依然可以在死者的头上看到伤口的痕迹。这张上边写着字的纸条，像你所看到的，是丢在桌子上面的，而在它的旁边还搁着这个头上镶着石头的非常奇怪的木棒。而所有的现象你又怎样把他们运用到您的理论中去呢？"

这个胖子侦探神气活现地说："每一个方面都已经得到了证实。这间屋子里全都是印度古董，假如说别人可以拿这个带剧毒的刺儿杀人，那么撒迪厄斯为什么就不能呢？而这张纸条，目的只不过是想转移我们大伙儿的注意力，故意玩弄使人迷惑的欺骗手段。而仅有的一个问题是，他是怎样从这间屋子里出去的？哦，当然，这个房顶上面有一个窟窿。"

由于他的身体太重而又那么笨拙，费了九牛二虎之力他才爬到梯顶上，从大洞口往暗室里窥视。然后我们就听到他高兴地叫喊说他找到了一个暗门。

福尔摩斯耸了一下肩膀，说道："他有的时候也能发现一些有力的证据，有的时候还有一些不清楚的判断。法国有一句俗语：一个没有头脑的人总是有无聊难熬相伴！"

埃塞尔尼·琼斯从上面刚下到地板上，就开口说道："你瞧，到底还是事实胜过理论。我的观点完全得到证实了：有一道暗门通往房顶上，暗门还是半掩着的。"

"门是我刚才打开的。"

"哦，原来这样！那么您也发现这道暗门了？"他好像有点儿失望地叫道，"行了，不管是谁看到的，总之这表明了杀人凶手逃跑的路线。警长！"

"在，先生。"甬道中一个嗓音回答。

"让舒尔脱先生过来。舒尔脱先生，我有义务对您说，您所要讲的每一句话都会对您不利。身为杀死您哥哥的嫌疑人，我用女皇的名义拘捕您。"

这个不幸的秃头人摊开两手，瞧了瞧我们两人，喊道："怎样，我早就对你们说过，他们肯定会这样看的，如今得到证实了吧？"

福尔摩斯回答道："舒尔脱先生，不要冲动。我认为我会还你一个清白的。"

那个胖侦探立即**驳斥**道："大理论家，不要随意承诺，承诺不能太随意

注释 驳（bó）斥：反驳指斥。

了！事情也许不像您所想象的那么容易。"

"琼斯先生，我不仅要替他澄清事实，我还会赠送给你那两个昨天晚上来这间屋子的杀人凶手当中的一个人的名字和外貌，而且不要任何报酬。他的姓名——我敢确定，是乔纳森·斯莫尔。他没什么文化，身材矮小，行动敏捷，右腿已经断了，可是安着一个木头腿，假腿的里面已经磨掉了一片。他左脚的靴子底部前掌打着不太细致的正方形靴掌，靴子跟打着圆形的铁掌。他已经五十多岁了，黑乎乎的皮肤，曾经是一个凶犯。这些情况和从他的手心里掉落下来的皮可能对你会有很大的帮助。而另一个……"

"噢，还有一个凶手？"埃塞尔尼·琼斯用蔑视的口气说，可是我发觉，他的的确确被这种精细且毫无疏漏的分析说服了。

福尔摩斯踮起脚尖，趁机回转过身说道："这是一个非常奇怪的人物。我希望很快就可以把这两个家伙都告诉您。华生，到这边儿来，我想对你说几句话。"

他将我带到楼梯口处，小声说道："这件出人意料的事儿几乎让我们将到这儿来的真正用意给忘记了。"

我回答说："我也是这样想的。摩斯坦小姐待在这个可怕的地方有点儿不合适。"

"没错，你一定得先把她送回家。她居住在下坎伯维尔街，塞西尔·弗里斯特住在那里。离这里很近。假如你想等会儿再回来的话，我会在这儿等着你。但是你可能太疲倦了吧？"

"没事儿的。在我还没有看见这件怪诞的事情的真相以前，我觉得我会老老实实待在这里的。我也称得上是见识广泛的人了，但是说真的，今晚这儿出现的一连串古怪的事情确实把我给弄糊涂了。如今已经到了关键时刻，不管怎样，我要和你一起把这个案件弄个水落石出。"

他回答说："你能参加这项重大行动就是对我莫大的支持。接下来我们俩要独立行动，叫这个琼斯先生自己愿意做什么就做什么去吧。你将摩斯坦小姐送回家以后，请去朗伯斯区河附近的品琴巷三号。这个房间是靠巷的右侧第三个门，是一个做鸟类标本的铺子，店主名叫谢尔曼。你会看到在窗子上贴着一只老鼠抓住一只小兔子的画像。你敲一下门，让谢尔曼这老头儿起床，并对他说我想立即借他的托比用一用。然后，你就带着托比乘马车到这里来。"

"我猜想，托比可能是一只狗吧？"

"没错，是一只奇怪的杂种狗，嗅觉特别灵敏。这只狗比伦敦任何一个侦探都要管用。"

我说："既然这样那么我必须把它带来。此刻一点钟。假如我能乘一匹新马，三点以前肯定能回来。"

"那个印度仆人在阁楼上睡觉；那个了不起的琼斯先生又是怎么工作的。"这些都让福尔摩斯陷入了思考。他突然意识到歌德说的那句精湛的话："有的人在他们还没有得知事情的真实意义的时候，总要先来一番讽刺。对于这样的情景，我已经见得多了。"

福尔摩斯说着便要到伯恩斯坦太太和那个印度仆人那里了解点儿情况去了。

思考　福尔摩斯在阁楼上发现了什么？

第七章　木桶插曲

名师导读 Teacher Reading

　　我将摩斯坦小姐送回了家，并借来了"托比"，回到樱沼别墅的时候撒迪厄斯及仆人已经被警察带走了。福尔摩斯和我牵着狗一路地寻找，在路上，他向我分析着整个案件。就要找到凶手的时候，突然狗停止了寻找，又陷入了怎样的事情呢？

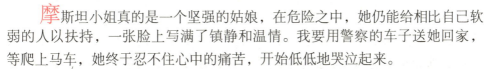

　　摩斯坦小姐真的是一个坚强的姑娘，在危险之中，她仍能给相比自己软弱的人以扶持，一张脸上写满了镇静和温情。我要用警察的车子送她回家，等爬上马车，她终于忍不住心中的痛苦，开始低低地哭泣起来。

　　事情过后不久她曾经责怪我，说我那时太冷淡、简直没有人情味儿。实际上她哪能知道我那时心里的剧烈的斗争和勉强克制住自己内心的痛苦。当我们在院子里手拉着手时，我的那种怜悯和对她的爱情已经流露出来了。我尽管经历了很多的事情，可是如果没有遇上今天这种奇怪的经历，我也很难感觉到她那温和而坚决的本性。除此以外，那时还有两个顾虑让我很难开口。第一是因为她那时正处于危险和灾难之中，孤零零的一个人，无父无母，如果在这种时候我鲁莽地向她求婚，那简直是乘人之危了；其次就更使我为难了。假如福尔摩斯真的将此案破了，她就会获得很多财宝，就摇身变成一个有钱人。而我这个只有半俸薪水的医生趁着和她靠近的便利向她求婚，那公平、符合道德吗？她是否会把我看作只是一个粗俗的淘金者呢？我不想叫她在心中对我留下这种印象。这些阿格拉财宝就如同一道无法逾越的屏障一般横跨在了我和她之间。

我们抵达塞西尔·弗里斯特太太家的时候已经快夜里两点了。所有的仆人都已经睡觉了，可是弗斯特太太却始终坐在那里等摩斯坦小姐回家，因为她对摩斯坦小姐接到一封奇怪的信这件事情十分关心。是她亲自为我们开了门。她是一位举止得体的夫人，她用两只胳膊亲热地拥抱摩斯坦小姐，用慈母一样的口吻温柔地安慰着她，看到这样的情形，真使我高兴不已。很明显，摩斯坦小姐在这儿的位置不只是一个花钱雇来的家庭教师，并且还是一位受人敬重的好朋友。摩斯坦小姐介绍我和她认识以后，弗里斯特太太友好地请我到屋里稍坐一会儿，并让我讲讲我们今天晚上的离奇经历。我不得不对她解释说，我今天晚上还有一件很重要的事情要去办，并诚挚地向她发誓，今后肯定将案情的进展情况及时地告诉她。在我告别爬上马车以后，我不由自主地回过头去看了一眼。我看到夫人和小姐那高雅的身影依然彼此偎依着站在台阶上，透过五颜六色的玻璃射出来的大厅里的灯光，模模糊糊地可以看到那半掩着的门和墙壁上挂着的晴雨计，还有那闪闪发光的楼梯扶手。在这样的焦急愁闷的时间里，能看到这样一幅安静的英国家庭的情景，我的心里感到舒服了很多。

坐在马车里，根据今天所发生的事情，想来想去，我越来越感觉想破案非常难。当马车走在由煤气路灯映照着的安静的大街上时，我又一次回想起这一系列的不正常的事儿。此刻完全了解的基本情况是：摩斯坦上尉的死亡、邮局寄来的珍珠、报纸上的启事以及摩斯坦小姐接到的那封信，只是这几件事儿就将我们带入了更加不可思议，更加神秘离奇的境地：印度的财宝、摩斯坦上尉行李箱子里的奇怪手画图纸、舒尔脱少校临终时的古怪状态、财宝的又一次找到和紧跟其后财宝发现人的被害，罪犯留下的各种各样的痕迹、脚印、奇特的凶器，一张和摩斯坦上尉的那张绘图上所留下的一样的笔迹的纸。所有的一切真是错综复杂，只有像我的伙伴福尔摩斯这位侦探奇才，才有可能把这一团乱麻理出个头绪。

品琴巷在朗伯斯区的末端，那是一些破烂的两层石瓦房。我在三号屋门上敲了大半天，最后，楼上的窗子后面透出了微弱的烛光，一副面孔从窗子那儿露出来。

那副露在外面的面孔开口说话了："滚得远远的，你这个酒鬼，你再这样大喊大叫，我就让狗出来咬死你。"

于是我就说："那么你就放只狗过来吧，我就是为了这个而来这儿的。"

那个嗓音又喊道："滚！我这衣兜中有一片破布，你如果再不滚开，我就丢到你的头上！"

我喊道："但是我只要一只狗。"

谢尔曼先生怒吼道："废话少说！离这里远一点儿，我喊三下你再不滚开，我就把这破布丢下来。"

我这才实话实说："夏洛克·福尔摩斯先生……"这句话的威力可太大了，很快窗子就关上了，不到一分钟，门就打开了。谢尔曼先生是一位清瘦的老头儿，背驼得很，脖子上暴露出一根根青筋，鼻子上架着一副蓝光眼镜。

他和颜悦色地说："夏洛克的朋友到这儿来，永远都热烈欢迎。快请进，先生。当心那只狗，他可真咬人。哦，调皮鬼！你可不要咬这位先生啊！"他又朝一只由笼子的缝隙里探出脑袋来，长着一对红眼睛的鼬鼠叫道。"不要害怕，先生，那只不过是一只蛇蜥。它没长毒牙，我是专门将它搁在房间里吃甲虫的。你千万不要介意我刚才的冒犯，因为这里经常有小调皮鬼来捣蛋，老是把我从梦中吵醒。哦，对了，这位先生，夏洛克先生想要什么来着？"

"他说想借您的一只狗用一用。"

"哦，一定是托比。"

"很对，狗的名字是叫'托比'。"

"托比就在左侧第七个栏中。"

他拿着蜡烛，穿梭在他汇集来的那些奇异的动物之间，慢腾腾地往前走，我在隐约闪耀的烛光里，模模糊糊地看到每一个角落和笼子中都有闪闪发光的眼睛在窥探着我们。我们头上方的架子上面还站着很多野鸟，我们的说话声把它们吵醒了，它们懒洋洋地把身体的重量从这只爪子上换到那只爪子上。

托比身材很难看，是一只混种狗，身上的毛有的是黄色的，有的是白色的，走起路来慢腾腾的，左右摇摆着。谢尔曼拿了一块糖递给我，让我喂给托比吃，我和它就算是彼此认识了，然后，它跟我爬上马车。很快这只狗就

　注释　鼬（yòu）鼠：鼬科部分种类动物的通称，大多数有赤褐色的毛皮，躯体下半部呈白色或黄色。

和我相处得很熟悉了。等我再次回到樱沼别墅的时候，皇宫大钟恰好敲响三点。我看到那个职业拳击手迈克默多已经被当成帮凶和舒尔脱先生一起被押到警署去了。两名警察看守着那扇狭小的大门，我提到那位侦探的姓名，他们这才允许我领着狗进到里面。

只见福尔摩斯正在台阶上站着，双手插在衣兜中，嘴上叼着一根烟。

他说："哦，你总算把它领来了！这真是一条宝贝狗！埃塞尔尼·琼斯回去了。你离开以后，我们吵了起来。如今他不但把我们的伙伴撒迪厄斯带走了，并且连守门人、女管家还有那个印度仆人一起都抓走了。除了一个警官待在楼上以外，这个地方就完全归我们所有啦。咱们赶紧上楼去吧，狗留在外面。"

我们将狗系在大门的一张桌子腿上，就上楼去了。这个房间里的一切依然保持着原来的模样，只不过是在死者的身体上盖了一个床单。一个疲惫的警官斜倚在墙角处。

我的伙伴说："警官，请把你的那个牛眼灯借给我用一用。请将这片纸板帮我拴在脖子上，好让它放在我的胸前。很好，多谢。此刻我必须脱掉鞋袜，华生，请把我的靴子和袜子放到楼下面去。我想试一试爬墙的本事。请将我的手绢蘸点儿木馏油。蘸一点儿就可以。再和我一起到暗室里去。"

我们俩从那个大洞口爬到暗室里，福尔摩斯先生拿灯又照了一下尘土上面的那几个脚印子。

他对我说道："我想让你格外注意那些脚印子。你发现这里边是否有什么值得留意的线索？"

我回答说："这是一个小孩儿或者是一个矮个子女人的脚印。"

"除去脚印的大和小以外，还有其他的什么吗？"

"似乎和别的脚印没有什么不一样。"

"肯定有不一样的地方。请瞧瞧这儿！这是尘土中的一只右脚印。此刻我在这个脚印的旁边踩上一个我的赤脚印。你再瞧瞧主要有什么不同？"

"你的脚印的几个脚趾头都合拢在一块儿，而这个脚印的几个脚趾之间是分着的。"

"没错。好好记住这点。此刻请你去那个吊窗那里，闻一下窗户架上的气味儿。我就站在这儿，因为我手里拿着这块手绢。"

根据他的吩咐，我去闻了闻窗框，忽然我嗅到一种难闻的沥青味儿。

"那是他离开的时候用脚踏过的地方。假如你能分得出来，我认为托比分辨这种气味就毫无问题了。现在请你跑下楼去，放开托比，小心点儿。"

我走下楼来到院子里时，福尔摩斯已经在房顶上了。他的胸部挂着一盏提灯，像一只很大的萤火虫在沿着屋脊缓缓地爬进，当他到达烟囱后边以后，我就看不到他了，后来他又出来了，然后立刻又在后边不见了。当我转到后边去的时候，看到他坐在屋檐的一个角上。

他喊道："是你吗，华生？"

"是的。"

"这里就是那个人爬进爬出的地方。下边那个黑乎乎的东西是什么呀？"

"是一只水桶。"

"有没有盖？"

"有的。"

"旁边有梯子吗？"

"没有。"

"这个该死的家伙！这是一个非常危险的地方。既然他能从这个地方爬上来，那样我也应当可以从这儿爬下去。这个水管摸起来似乎挺牢固的。管不了那么多了，我下去了。"

一阵沙沙的走路声，那微弱的灯光沿着墙边平平安安地下来了，他慢慢地一跳，掉入水桶里，接着又蹦到地面上。

他一面穿着鞋袜，一面说："寻找他的路线真简单。这一排瓦都被他踩得松动了，由于着急，他遗落下了这种玩意儿。用你们医生的说法，这就叫作诊断无误。"

他递给我瞧的那种玩意儿是一个小袋子，这个袋子是用各种颜色的草茎编成的，和香烟盒差不多大，周围还缀着几个便宜的小珠子。衣兜中放着六根带

有剧毒的黑色的刺儿，和扎在巴索洛谬·舒尔脱头上的那根一模一样。

他说道："这个东西有毒，小心一点儿，不要扎到自己，我很高兴能发现这样的东西，因为这可能是他们所有的作案凶器，这么一来咱们就不必上这种东西的当了。要被毒刺扎一下子还不如吃枪子呢。华生，此刻让你再跑六英里路怎么样？"

"不成问题。"我回答说。

"你的腿行吗？"

"不要紧。"

"来，这边来，托比。哦，宝贝儿托比！来嗅一嗅这个东西。嗅一嗅吧！"他把那块蘸有木馏油的手绢拿到狗的鼻子跟前，这只狗分开它那两条满是毛的腿，鼻子机敏地往上翘起，简直就像一个专家在鉴赏美酒一样。福尔摩斯将那块手绢丢掉，用一根粗粗的绳子拴在托比的脖子上，接着把它带到那个水桶下面。这只狗立即发出大而发颤的狂吠声，尾巴翘起，不断地在地上闻着，一直向前冲去，我们拽着绳子紧紧地跟在它后面。

东方破晓，黯淡的曙光里我们能看到远方的景物了。我们背后的那所大房子，窗子里黑乎乎的，很高的院墙，无比孤单悲凉地矗立着，我们穿行在院子里那高低不平的土地上，那满院子堆放的废土和无精打采的灌木丛，看起来那么凄凉破败，正和笼罩着这所房屋的阴森森的气氛相衬。

托比一路闻着把我们带到了围墙下面，在围墙的黑暗里，它一边走一边着急地狂吠着，最后在长了一棵小山毛榉树的地方停下来。这是两面墙会合的地方，墙上面的好几块砖已经有些松动了，裂了很多豁口，砖的棱角已经被磨得浑圆了，好像是经常被人们用来当作爬墙时的落脚处。福尔摩斯翻身跃墙，然后把狗从我的手里接了过去，把它搁在了围墙的那一面。

等我爬到他身旁的时候，他提示我说道："这里有假腿人的手印。你看，泥灰墙上有很清晰的血迹。幸好昨天夜里没有下大雨！虽然他们逃跑已经有二十八个钟头了，可是那气味儿依然能留在街道上。"

当我们前进在车水马龙的伦敦街道上的时候，对于托比是不是真的能闻到气味儿，从而就能帮助我们找到杀人凶手，我真的有点儿担心。但是我的

注释　矗（chù）立：耸立。

担心很快就被说明是无用的。托比仔仔细细地一面闻一面迈着它那笨笨的摇摇摆摆的步子向前走。很明显，这样难闻的木馏油味比街道上别的任何一种气味儿都要浓烈。

福尔摩斯说道："别认为我要破这个案件只是靠着案件里的某个人将脚不小心踩入了那个木馏瓶子里。实际上我还有别的一些不同的办法同样能捕到凶手。但是既然幸运的神灵把这一个最便捷的办法送给了我们，如果忽视了它，我岂不成了一个大傻瓜。无论如何，现在这个案件里很多令人不可思议的复杂问题，此时变得都很简单了。而只从一个特别简单的破绽来了解此案，很明显，无法显示我们的功劳。"

我诚恳地说："功劳还是很多的。福尔摩斯，我始终感觉你这回使用的办法和在霍普谋杀案当中所使用的办法比起来更使人难以理解。举个例子来讲吧，你为什么张口就说出了那个假腿人的名字呢？"

"咳，朋友，那是显而易见的。我并不是想夸耀自己，整个案件的所有线索对于我而言都是很明显的。两个专门看管犯人的军官获得了一张藏宝地图。一个名字叫乔纳森·斯莫尔的英国人为他们两个画了这张地图。你应当还没有忘记，在摩斯坦少校的那个图纸上面就写着这个人的姓名。他在那张图纸上面自己写下了名字，还替他的同伴签了名，'四签名'就是这么回事。按照这张地图，这两个军官，也或者说是他们其中的一位找到了财宝，并拿到了英格兰。我们能够想象得出，这个得到财宝的人后来也许并没有完全按照他们当时的规矩去做。那么，为什么乔纳森·斯莫尔本人没有拿到那份财物呢？答案很清楚，这张地图是在摩斯坦靠近犯人的时候画的。乔纳森·斯莫尔没有获得财物是因为他及其同伴全都是犯人，而那时又出不来。"

我不敢相信地说："但是这只是推断罢了。"

"并不是推断。这样的假定下掩藏着真正的情况。咱们先来瞧瞧假定是怎样和事实相符的。舒尔脱少校带着那些财物回到了英国以后，过了多年太平日子。后来突然有一天他接到了一封发自印度的信件，就是这一封信让他惊恐万分，那是什么原因呢？信中到底写着什么呢？"

"信里写着：被他捉弄蒙骗的犯人们，刑期已满，从狱中出来了。"

"与其说刑期已满，还不如说是越狱逃跑的更合适，因为舒尔脱知道他们需服的期限。如果是刑期已满而出来，他就绝不会那样惊慌不定。那么后来他又采用了什么办法呢？他对安着木头假肢的人特别提防。这个安有假木头腿的人是白种人，因为他曾经开枪误打过一个安着假木头腿的小商贩，他是一个白种人。现在，在这个地图上只有一位白种人的姓名。别的都是印度人或者伊斯兰教徒。因此，咱们就可确定无疑这个安着木头腿的人就是乔纳森·斯莫尔。你认为这一系列推测符合道理吗？"

"有理，十分明白、简单。"

"那样，咱们此刻再站在乔纳森·斯莫尔的角度，剖析一下他的看法。他回到英格兰来无非有两个来意：第一是想得到他那份应该属于他的财物，第二是对捉弄蒙骗了他的人复仇。他寻找到了舒尔脱的家，并且很有可能他还花钱在舒尔脱的家里安了一个内线。有一个名叫赖尔·拉奥的男仆人，此人咱们都没有见过，伯恩斯坦太太告诉我说他是一个品质败坏的人。无论如何，斯莫尔都不会寻找到那些财宝，因为除去少校本人和他的一个忠诚的仆人以外，再也没有别的人知道那些财物的保存之处了。忽然有一天斯莫尔获悉少校病重的消息，他恐怕财物的秘密即将跟着少校一起进入地下，一气之下，他冒着被捕的危险，来到了这个快要死的人的窗子跟前，而由于那个时候少校的两位儿子正好在他的床前，他无法进到里面。带着对死者的深仇大恨和气愤，当天晚上他依然进入了房间，搜遍了死者所有个人文件，指望从其中能发现一些藏宝的秘密，最后，在一无所获的沮丧之中，他就写下了那张四个签名的便条当作信物。很明显，他打算先杀死少校，然后在死者的身边放一个相同的信物，说明这并非一个一般的谋杀案，而是由于正义为朋友报仇。历来，在那么多犯罪的案件里，像这样的离奇古怪的方法已经很多了，经常还表明犯罪的许多线索。这些你都懂了吗？"

"清清楚楚。"

"如今，舒尔脱少校死去了，财宝藏在哪里依然不知道，乔纳森·斯莫尔应该怎么办呢？他只好私下里接着观察其他人寻找宝贝的举动。他没有在英格兰，只不过是偶尔回来一趟打听消息。当财物在暗室里被找到的时候，立即就有人将这个消息通知了他。这证明他有内线是毋庸置疑的了。安有木头腿的乔纳森如果想爬到巴索洛谬·舒尔脱家的高高的楼上面是肯定做不到的。因此，他就带了一个非常古怪的帮手，叫他先爬到楼上。可是可惜的是他那赤脚踩着了木馏油，因此才有托比到场的可能，并且让一位脚曾经受过伤的，只不过有半俸薪水的官员一瘸一拐地跑了六英里的路。"

"那么说来，杀人凶手是那个帮手了，而并非乔纳森。"

"没错。从乔纳森在房间中跺过脚的情况来看，他刚进到屋里，看到了这种情形，他是毫无准备的。他和巴塞洛谬·舒尔脱之间并没有什么仇恨，乔纳森只是想将他的嘴塞上，再把他的四肢绑起来就可以了。他可不想因为杀人而被处以绞刑。他没有料到他那心狠手辣的帮手居然用带有剧毒的刺儿把人给刺死了。结果已经注定了，人死不能复生，于是，乔纳森就留下纸条，带走了财宝，和他的帮手一起逃跑了。这些是我能推断出来的事情。我之所以觉得他肯定有五十多岁了，皮肤黑黝黝的——这是由于他过去在安达曼岛被囚禁了很多年，而那里天气炎热，人肯定被晒得很黑。而他的个子，从他步子的长和短就能看出来，而蓄着长胡子，他那副满是毛的面孔撒迪厄斯·舒尔脱曾亲自看到过。至于其他的，那就不知道了。"

"那么，那个杀人的帮手呢？"

"哦，他嘛，没有什么太多的悬念。但是，你很快就会知道了。清晨的空气真清新呀！看看那红色的云朵，就仿佛大火烈鸟身上的一根羽毛，太美丽了！火红的太阳已经穿过伦敦的云朵了。被太阳光照射的人有成千上万；我发誓，这个时候，像咱们俩一样身负这样奇怪的重任的，也许还没有第二对。在这样广阔的大自然中，咱们的一丁点儿雄心壮志看起来多么微小啊！你对吉恩·保尔的书有什么看法吗？"

"看法倒是有。我是先看了卡莱尔的书以后，返回来才看他的著作的。"

"这就像从溪流追溯到大海一样。他曾经说过一句精辟并且含义深刻的话：'一个人真正伟大的地方就在于他能意识到自己的渺小。'你看看，这儿说到了对比和鉴赏的力量，而这样的力量本身就是一个伟大的证据。在理查特的著作里你能发现很多精神物质。你没有拿枪，是不是？"

"我拿着这个手杖了。"

"咱们只要进到匪窝里，也许就得用这种武器了。等会儿乔纳森归你了，如果他的同伴想反抗，我就开枪打死他。"

他一面说话一面拿出了自己的左轮手枪，安上两颗子弹，接着又重新放到他的右侧衣兜中。

我们跟在托比后面走到了通向伦敦市区的街道上，两边都是半村舍式的房屋。我们前进在看不到尽头的街道上，这儿的工人们和码头工人们都已经起身了，家庭主妇们正打开门清理大门前的垃圾。在街道的拐弯处，小酒馆刚刚开门，有些强壮粗鲁的男人们正从小酒馆里走出来，用他们的一只手抹着残留在胡子上的酒水。街道上的那些野狗睁大眼睛望着我们，而我们独一无二的托比却目不斜视。它的鼻子嗅着地面直向前跑，只不过有时从鼻子孔里发出一阵阵短促的吭吭声，表明那种气味儿依然很浓。

我们穿过了斯特瑞塞姆区、布瑞克斯顿区、坎伯维尔区，穿过了很多条小巷子，一直走过奥弗尔区的东面，最后到达了肯宁顿街道上。我们所寻找的人似乎是专挑偏僻的、弯弯曲曲的小道走，可能是为了防止被人追踪。只要有小道，他们就绝对不走大路。在肯宁顿街道的尽头，他们往左拐，通过证券街、迈尔斯街，然后抵达骑士街。托比在那里徘徊起来，它的一只耳朵耷拉着，另外一只耳朵竖着，跑来跑去。仿佛拿不定主意了。接着，它又转了几圈，不断地抬起脑袋望着我们，好像想赢得对处于困境中的它的怜悯。

福尔摩斯愤怒地说道："这只狗怎么回事？难道那两个罪犯坐马车或者乘上气球逃走了？"

我提醒说："他们可能在这里停过一段时间。"

"哦，可能是吧，托比又向前走了。"我的伙伴松了一口气，说道。

狗真的又向前走了，它向附近又闻了闻以后，好像忽然知道怎么办了，用快捷的速度和决心朝前跑去。显而易见，这里的气味儿比刚才的还要浓烈，因为它不再使用鼻子去闻着地面走了，而是拼命地拉直了绳子使劲向前冲去。福尔摩斯两眼放光：肯定是快要到达匪窝了！

我们直奔九榆树，跑过白鹰酒店，到达了布罗德里克和纳尔逊大木场。托比看起来非常高兴和慌张，它从别的门里跑入了锯木工人已经工作的工场里，通过一大堆锯末和刨花，在两边堆放着各种材料的小路上接着向前跑去，最后，它兴奋地狂叫着蹦上还没有从车上搬下来的一个大桶上。托比吐着长长的舌头，眨着两只眼睛站在大木桶上，得意扬扬地望着我们两个。木桶旁边和手推车的车轮上全都是黑色的油迹，空气当中散发着浓烈的木馏油的气味儿。

又一次陷入了这样的困境，我和福尔摩斯无比失望地看着彼此，笑作一团。

思考　托比为什么突然停了下来？

第八章 贝克街侦探小队

名师导读 Teacher Reading

我们带着托比找到了另外一条追踪的路，终于有了线索，可是却又陷入了另外的一个困境。犯人乘船逃走了，虽然知道了船的外貌，可是找到他，只有等待了。幸而警方发出的消息可以迷惑一下犯人，暂时为我们争取了时间。

"**怎**么办？托比也迷路了。"我不无担心地问道：

"它是根据个人的看法行动的。"福尔摩斯一边说一边把托比由那个大木桶上抱到地上，领着它一起离开了木场。"假如你能想到一天以内有那么多木馏油要运到伦敦城里，你就绝不会对咱们走错跟踪的方向而感到吃惊。如今用木馏油的地方那么多，特别是它可以防止木材的腐烂。在这件事儿上不能怨不幸的托比。"

"我认为，我们最后沿着原路返回气味很杂的那个地方，找到以前的那种气味儿。"

"没错。幸好路途很近。很明显，在骑士街转弯的地方托比曾经拿不定主意，那是因为气味儿在那儿开始往很多的方向散发。咱们挑了不正确的方向。如今就只有按那另外一条路前进了。"

这很简单。我们带着托比返回了先前判断有误的地方，托比在那里绕了一个大圈子，就向另外一个方向跑去。

我对福尔摩斯说："小心点儿，千万不要叫托比将我们俩领到木馏油运出来的那个地方去。"

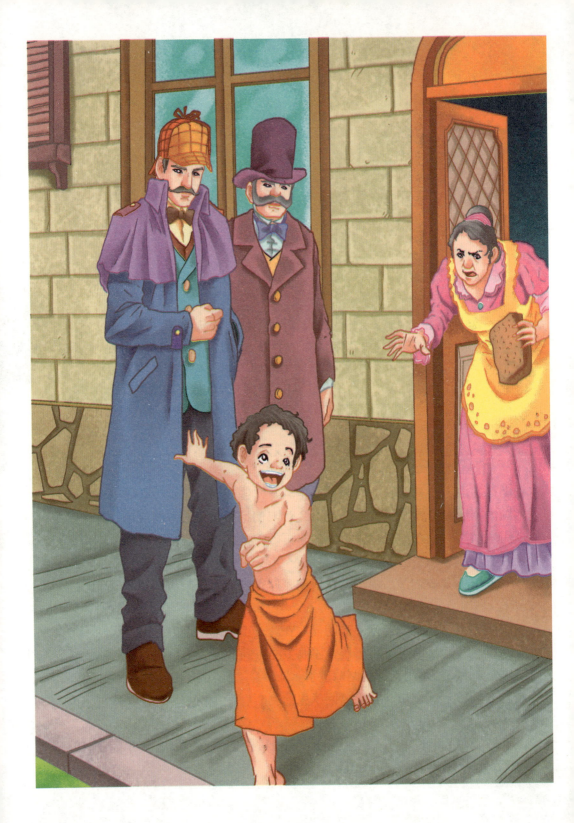

"这一方面我早就想到了。可是你有没有留意到，他始终是顺着人行道跑，而运送木馏油的车子应该在大道上走。因此，此次咱们走对了。"

走过贝尔蒙特区和王子街，托比带着我们突然跑向河边。到了布罗德街的末端，它一直冲向河滨的一个用木头搭建起来的小码头。托比把我们领到挨近水边的位置，望着水势很急的河流，鼻子中发出吭吭的声音。

福尔摩斯说："真糟糕，他们从这儿坐船走了。"

码头上停着一些小平底船和小艇。我们领着托比在每一个船上仔仔细细地嗅了嗅，可是托比没有做出任何异常的反应。

在上船之处的附近有一所小房子，在第二个窗子上有一块小木牌，上面用大写字母写着"莫德凯 · 史密斯"，下面用小字体写着"出租船只，按时按天计算"。在大门上还有一块木牌子，上边说这儿另外备有一只小汽船。码头上有很多焦炭，这也许是汽船的燃料吧。

夏洛克 · 福尔摩斯往四周打量了一下，脸上显现出不悦的表情。

他对我说："这件事情看起来有点儿麻烦。这两个东西比我想象得还要高明。我想他们提前就已经做好了隐藏踪迹的准备。"

他向那所小房子靠近的时候，恰好门从屋里被推开了，一个六岁左右，一头卷发的男孩子冲了出来，他的身后跟随着一个满脸绯红的又高又胖的女人，手里握着一块大海绵。

"杰克，你给我回来洗澡，赶紧回来，你这个小淘气，你爸爸如果回家看到你这个模样，他肯定会打你的！"

福尔摩斯趁机叫道："小朋友，你的脸红扑扑的，真惹人喜爱！杰克，你想要点儿什么呀？"

小男孩儿思考了一会儿说："我要一个先令。"

"难道不想要比一个先令还要好的东西吗？"

那幼稚的小男孩儿又思考了片刻，说道："最好是两个先令。"

"那好，给，拿好了！史密斯太太，他真是一个乖孩子。"

"多谢您的夸赞，先生。他可调皮了。尤其是他的父亲整天在外面的时候，我几乎管不了他。"

福尔摩斯假装很失望的模样说道："他不在呀？简直太不巧了。我是专门来找史密斯有事相谈的。"

"先生，对您说真话吧，他前一天早上就离开了家，至今还没有回来，我还正在替他担忧呢！但是，先生您假如想租船的话，就和我说吧。"

"但是我想租他那只汽船。"

"哦，简直太不凑巧了！他前一天就是乘着那只汽船离开的，先生。不可思议的是，我知道那只船上的燃料到伍尔维奇都不能打个来回。如果他乘的是大平底船，我也就没有那么担心了，因为有的时候他都到更远的格雷夫西德去。而且假如那边出点儿什么事情，他也许会停留几天的。可是，汽船没有燃料是无法前进的呀？"

"可能他已经在路上购买了一些焦炭。"

"可能是吧。可是那不是他一贯的做法，先生。他始终埋怨零买煤价钱过于昂贵。而且，我很讨厌那个安着木头腿的人，他那副难看的面孔和古里古怪的气派，他总是来我家，也不知道他究竟做什么。"

福尔摩斯惊讶地重复道："安着木头腿的人？"

"没错，先生。一个鬼魔眼道的家伙常常来这里找我老伴。前一天夜里就是他将我老伴由床上喊起来的，并且我老伴似乎提前就知道他要来，因为他很早就把那只汽船点上了火。实话实说吧，先生，我真的很担心。"

福尔摩斯耸了耸肩膀说道："但是，亲爱的史密斯太太，这没有什么好担忧的。你怎么知道昨天夜里来的就肯定是那个安着木头腿的人呢？我不明白你为什么就那么确定。"

"先生，一听到那模糊粗哑的声音，我就听出来肯定是他。他敲了几下窗子——那个时候大约是三点吧，说道：'快起来，朋友，咱们该动身了。'老伴又把吉姆——我的长子喊起来，什么都没有说，爷儿俩就这样离开了。我还听到那条假腿踏在石头上发出来的咚咚声。"

"这安着假腿的人是自己来的吗？"

"说不准。但是，先生，我确定没有听到别的什么人的声音。"

"史密斯太太，真不凑巧，我打算租只汽船，因为我早就听说过那只……我想一想，叫什么名字来着？"

注释　埋怨：因为事情不如意而对自己认为原因所在的人或事物表示不满。

"叫'曙光'号,先生。"

"哦。对对对!是不是那只绿色的,船帮上涂着很宽的黄色线条的破船?"

"不对,不对。它和那些河中经常看到的干净的小船一样。刚涂的漆,黑色的船身上画着几条红道道。"

"多谢。我想史密斯先生不久就会回家来的。我打算去下游,假如我遇到'曙光'号,我会对他说你正牵挂着他呢。你刚才说那只船的烟筒也是黑颜色的吗?"

"错了,先生。是镶着一条白道儿的黑烟筒。"

"啊,是的,黑色的船身。史密斯太太,再会吧。华生,那里有一只小舢板,让他把咱俩带到河那边去。"

进到舢板上以后,福尔摩斯说道:"和这些人说话最好别让他们知道他们所讲的事情和你有关系,不然的话他们就会立刻什么话都不说;而如果你用话引她,你就会知道你想知道的事情。"

我关切地说:"咱们应当清楚怎么干啦。"

"怎么干呢?"

"乘一条汽船去下游跟踪'曙光'号。"

"朋友,那太麻烦了。说不准这只船停在从这儿到格林尼治河岸的哪一个码头上。桥那一侧好几里以内都是停靠的地方。假如你想一个码头接一个码头地搜查,不知道要用多久呢?"

"那就让警察帮忙吧。"

"时候还没到。到最后我可能会让埃塞尔尼·琼斯来帮忙。这个人其实挺善良的,我不想和他抢生意。如今我们既然都已经干到这种程度了,我希望自己独自做下去。"

"那咱们试着在报纸上登个启事吧,好从那些码头老板那儿获得'曙光'号的情况。"

"那会更加糟糕!如果这么做的话,那两个家伙就会知道咱们在搜

注释　舢(shān)板:一种小船,也叫"三板"。

查他们，他们立刻就会远走高飞。即使现在，他们也不见得不打算离开英国。但是，在他们觉得没有危险的时候，他们是绝不会急着离开的。琼斯的一举一动对咱们非常有益，因为他的案子进展情况天天都刊载在报纸上，因此，那两个家伙一定会以为我们已走上错误的道路了，他们用不着惊慌失措。"

当我们在密尔班克监狱的附近下船的时候，我问道："接下来到底应该怎么办呢？"

"我们坐两轮双座马车先回去，吃点早饭，再睡上个把小时的觉。说不定我们今天晚上还得出动呢。车役，请在电信局停一会儿！咱们继续带着托比，可能以后还有用得着它的地方呢。"

马车在大彼得街的邮局门前停住了，福尔摩斯进去拍了一封电报。

他回到车上以后问我："你知道我刚才给什么人拍的电报吗？"

"我怎么能知道呢？"

"还记不记得在杰弗逊·霍普案件中我们雇佣的那支贝克街侦探小队？"

"他们呀！"我微笑着说。

"在这起案件中他们也许会有很大的用处。如果他们不中用了，我还有其他的策略；可是有必要先叫他们试试。这封电报就是给那支小队的队长维京斯发的。我想让他们在我们吃完早饭以前赶来。"

这个时候大概是早上八点多了，整整一夜的辛苦追踪，把我累得精疲力竭，行走起来摇摇晃晃的，真是狼狈至极。想想这个案件，在侦查方面我不如福尔摩斯那么忠于职守，也没有把它看作只是一个笼统的理论问题。而巴索洛谬·舒尔脱的被杀，因为人们对于他往常的品质没有什么好印象，因此我对凶手也就没有什么痛恨之情。说到财宝，那就不能相提并论了。这大批的财宝，或者财宝的一份，照理说应该是摩斯坦小姐的。在那些财物有可能找到的时候，我会尽自己最大的努力去找回来。但是，如果财物找到了，那么我就会无法再靠近她了。当然，爱情如果被这样的思想所左右，那是真正

注释 笼统：宽泛不具体；不明确；含混笼统地做出的安排。

的粗俗和利己主义的爱情。

回到贝克街的家里洗了一个热水澡，然后换下身上的衣服。当我走下楼去的时候，看到早饭已经准备好了，福尔摩斯正在倒咖啡呢。

他微笑着用手指指一张铺开的报纸说："过来看看，这个自以为是的琼斯和这个舞文弄墨的记者把此案给破了。这个案件把你也折腾得精疲力竭了。你此刻最好还是先来根火腿和鸡蛋吧。"

我从他的手里拿过报纸，看着那一篇标题为"上诺伍德街奇案"的文章：

昨天夜里十二点光景，上诺伍德樱沼别墅的主人巴索洛谬·舒尔脱在他自己的房间里不幸死亡，根据现场得知遭到他人暗杀。根据本报获悉，死者的身上没有一处遭到打击的痕迹，可是死者从他父亲的手里所继承的一大批印度财物已经被盗走了。死者的弟弟撒迪厄斯先生和他一起来死者家里拜访的夏洛克·福尔摩斯还有华生医生第一个发现死者被杀。庆幸的是那时有名的侦探埃塞尔尼·琼斯先生恰好在上诺伍德警署里执行公务，接到报案半个钟头以内就来到了杀人现场。他才干出众，富有经验，抵达现场以后很快就找到了整个破案的线索。死者的弟弟撒迪厄斯·舒尔脱因涉嫌杀人，现在已经被捕。除此之外，被逮捕的还有死者的女管家伯恩斯坦太太，一名叫赖尔·拉奥的印度男仆人以及守门人迈克默多。现在已经得到证实，一个凶手或者几个凶手对这所房子的四周地形了如指掌。因为琼斯先生熟练的技术和仔细的观察已经证实，凶手既然不会从门和窗子进入房间里，那么肯定是从房顶通过一道暗门溜进来的。从这一显而易见的事实能够证实：这并非一件一般的盗窃杀人案。警署这种迅速和尽忠职守的处理方法就已经证明了，在这样的情况下如果有一位富有经验而处事果断的官长主事的重大作用。对这一案件的处理证明了，把全市的警察侦探分开执行公务，好随时赶往出事现场的提议是有必要商议的。

福尔摩斯坐在桌子前面一边喝着咖啡，一边微笑着说道："这真是太了不起了！你对这个有什么看法？"

"我认为咱们也差点儿被控告为犯罪嫌疑人而遭拘捕。"

"我也是这样想的。如果他又突然来一个灵感，说不定我们也会被逮捕。"

这个时候门铃突然响起来，然后就听到我们的房东赫德森太太在高声和什么人争吵。

我立刻站起身来对福尔摩斯说："我的天哪，福尔摩斯。我保证他们果然来逮捕咱们了？"

"不会的，还没有到那种地步。这是我们的，不是官方的部队——贝克街的杂牌军。"

说话的工夫，楼道里已经传来了光着脚走路和大声交谈的声音，十二个衣衫破烂、肮脏不堪的街头小叫花子走进屋里。虽然他们骂骂咧咧地走进屋来，可是他们还是规规矩矩的，因为他们刹那间就望着我们排成一队，等候着我们的吩咐。他们当中有一个个子高大，年纪略微大一些的男孩子站在最前边。他那种神气活现、郑重其事的神情，再加上他那身体瘦削、衣衫破烂的模样，让人感到非常可笑。

"先生，收到您的电报，我立刻就把他们都集合起来迅速赶过来了，车费是三先令六便士。"这个男孩子说道。

福尔摩斯面带笑容把钱递给他，然后又嘱咐道："拿好钱。今后如果有事儿单独跑来就行了。他们只需要听候你的安排，维京斯，用不着把他们都带到这儿来，我的房子可放不下那么多的人。不过，既然这一回都来了，就都能亲自听一听我的吩咐啦。我此刻要找一只名字叫'曙光'号的汽船，汽船的主人名叫莫德凯·史密斯。船身是黑色镶有两条红道道，烟筒带着一道白线条。这只船如今在河的下游。除此之外让一个小孩儿到密尔克班监狱对面的莫德凯·史密斯码头看守着，假如看到这只船回来，立即通知我。你们一定要分别在河下游的两岸周密地搜寻。只要有情况，立刻来报告。都知道了吗？"

"放心吧，长官。"维京斯保证道。

"酬劳还是按以前的老规矩，找到船的另外多加四个先令。这是提前付给你们一天的工资。现在出发吧！"

他给每一个小孩儿一个先令。孩子们高高兴兴地下了楼，很快，我就看到他们热火朝天地投入到"战斗"中去了。

福尔摩斯从桌子旁边站起身，点燃他的烟斗，说道："假如那只船依然浮在水面上，那他们就会找到。他们可以四处到附近去看，偷偷地倾听其他人的交谈。我但愿他们能在傍晚以前把找到那只船的消息带来。这个时候，咱们只有耐着性子等了，除此之外没有什么事儿可做。在找到'曙光'号或者莫德凯·史密斯先生以前，我们不能追寻他们的踪迹。"

"我认为托比吃咱们剩下的饭就行了。福尔摩斯，你先去睡一会儿吧。"

"不用了。我不困。我具有一副独特的体格。我有事情可做的时候从来没有疲倦的感觉。恰恰相反，如果闲着无聊，我就会打不起精神来，我想抽会儿烟，再好好考虑考虑我们那个女顾客交付给咱们办的这件事儿。咱们这个案子，很容易解决。因为安假腿的人很少，而那另一个人也是独一无二的了。"

"你又说到那另一个人了！"

"实际上，我并没有打算隐瞒你什么秘密，但是，你肯定有你的见解。接下来我们来回想一下我们到现在为止所了解的关于他的一些情况：小小的脚印，从来没有穿过鞋的光脚，一端镶着石头的木棍，行动迅速，带着剧毒的荆棘。从上面这一系列线索，你能得到什么结论呢？"

我叫喊道："生番！可能是乔纳森·斯莫尔印度同伴中其中的一个。"

他说道："这也不见得。起初，我看见了那几个奇特的武器，我也是这样认为的。可是看到那些奇怪的脚印以后，我就打消了最初的念头，另找其他的可能性。尽管印度半岛的人们有的人是比较矮小的，可是绝不会留下这样的小脚印。印度土著人的脚是长长的。而脚穿凉鞋的伊斯兰人，由于鞋带绑在紧挨大拇指的脚趾缝隙中，拇指和别的脚趾中间是有间隙的。而且，这些毒刺只能用吹管发射毒刺。那样，我们这个生番究竟来自哪里呢？"

我抢先说道："南美洲。"

他伸出手，从书架子上拿下一本厚厚的书籍。

说道："这是新版本的地理辞典第一卷，能够看成是最新的具有权威性的作品了。这儿写着什么呢？安达曼群岛在孟加拉湾。离苏门答腊的北部有三百四十英里。哼！哼！这里又是什么呢？气候湿润、珊瑚暗礁、鲨鱼、布赖尔港、囚犯营、罗特兰德岛、白杨树……啊，在这儿！'安达曼群岛上的土著人可以说是宇宙上个子最小的人了。人类的学者们把他们叫做非洲的布史黑人，或者美洲的迪格印第安人，也或者把他们叫作个子矮小的火地人。这些人的身体平均高度不到四英尺，有些成年人则更加矮小。他们天生凶悍、容易发怒并且固执，可是，只要和他们建立了彼此信赖和友谊，他们就会为朋友敢于两肋插刀。’华生，再接着听下去：‘他们天生就很难看，长相奇怪，头大大的、恶毒的小眼睛，狰狞的面貌，四肢都很小。由于他们凶恶、固执透顶，英国官方尽管采取了各种各样的措施，却没能将他们拉拢过来。他们将一直袭击水手们。他们始终拿镶着石头的木棍敲打敌人的头，或者拿带剧毒的箭杀人。这样的拼杀结局全都是以人肉举行宴会作为结束。’哈，真是一个高尚了不起的民族啊！华生。假如这东西没有人管着，任其随心所欲，其结果就无法想象了。我猜测，乔纳森·斯莫尔雇他肯定也是出于无奈。”

“但是，他又是怎样和这么一个家伙搞到一块儿的呢？”

“哦，这个我就不知道了。但是，既然咱们已经肯定了斯莫尔来自安达曼群岛，那么这个土著人和他在一块儿也就没有什么好奇怪的了。毋庸置疑，咱们今后还会知道很多详细情况的。华生，你看起来的确很疲惫了。你在那张沙发上面躺着，看看我是否能让你快速进入梦乡。”

当我躺回沙发上以后，他开始弹奏自己编的曲子。小提琴在他那瘦长的手指头的弹奏下异常地悠扬。这是一首低缓的催眠曲。隐隐约约中看到他慈祥的脸以及弓弦上上下下的运动。我好像安静地遨游在音乐的海洋里，直至睡着了。在梦中，玛丽·摩斯坦正在甜甜地冲我微笑。

思考　福尔摩斯是怎么套出船的外形的?

第九章　线索中断

名师导读 Teacher Reading

　　整个案件仿佛中断了一般，没有了线索。福尔摩斯焦急地等待着回复，可是都没有音信，终于他忍不住亲自去找了。琼斯警察来了，他已经将撒迪厄斯及女管家放了，就等着福尔摩斯的新线索了。这时一个白胡子老人执意要见福尔摩斯，并说要亲口告诉他一件事，究竟是什么事呢？

　　我醒来的时候已经是下午了。我已经彻底恢复精神了。

　　夏洛克·福尔摩斯依然像先前那样坐在那儿读书。他已经把小提琴搁在了一边，正专心致志地看一本书。当我醒过来的时候，他望了望我。我看到他神情严肃，一副不高兴的模样。

　　"你睡得很沉。我原来还害怕我们的争吵会打扰你休息呢。"

　　"我什么也没有听到。发生什么事儿了吗？"

　　"简直太遗憾了，还没有找到。我感觉古怪、失望。照理说，这时总应该有些准确的消息汇报来的。维京斯刚才来说过，他报告说没有找到一点儿汽船的影儿。真使人等得不耐烦。因为时间有限，每一分每一秒都非常重要。"

　　"我能帮你做点儿什么吗？如今我已经睡醒了，即使再出去跑一宿也不成问题了。"

　　"不能再跑了，咱们现在什么也不能做。只有在这里等。如果我们此刻出去，有新情况报告而我们又不在，反而会耽误了大事。你如果有什么事可以随便去办，总之我得在这儿等着。"

　　"那我就到坎伯维尔去一趟，看看塞西尔·弗里斯特太太，前一天我答应过她的。"

　　福尔摩斯的眼睛里闪烁着笑意，说道："去看塞西尔太太呢还是去看那位小姐？"

　　"当然两个人都看。她们急着想知道这个案子进展到什么程度了。"

　　福尔摩斯说道："不要告诉她们太多的情况，绝不能完全相信一个女人——即使是最善良的女人。"

　　对他这种没有道理的观点，我不想和他进行争论："我去两个小时就回来。"

　　"那好吧，祝你一帆风顺！哦，假如你顺路的话，请帮我把托比送还给它的主人，因为我认为暂时用不着它了。"

　　按照他的吩咐，我把那只狗带到品琴巷它的主人那儿，并给他半个英镑的报酬。然后我就去了坎伯维尔，我发现摩斯坦小姐依然处于昨天夜里冒险以后的疲倦当中。虽然这样，她依旧想知道案情的进展。弗里斯特太太的好奇心也十分强烈，急着想知道有什么结果。我为她们叙述了案情进展的整个过程。但是，隐瞒了那些可怕的细节。我尽管提起了舒尔脱的死亡，可是我没有描述死者的状态和凶手所使用的方法。就那么大概地为她叙述了一遍，但是她们听了以后感到十分满足并且惊奇万分。

　　弗里斯特太太惊叹道："这像一部小说一样！一位受到伤害的姑娘，价值五十万英镑的财物，吃人的生番，另外还有一个安着假腿的瘸子，这和普通小说的情节太相像了。"

　　摩斯坦小姐那明亮的眼睛看了我一下，补充道："还有两位神勇侠士的拔刀相助。"

　　"唉！玛丽，你的家产就完全依靠着此次的破案了。但是我觉得你并没有为此而感到高兴，试着想一想，如果突然成为天下的大富人，那会是多么美好的事情啊！"

　　对于她将会变得有钱这一方面，她并没有显现出那种兴高采烈的模样，恰恰相反，她却使劲地摇摇头，好像她对这些并不关心。看到她这种态度，我心中稍微感到一丝安慰。

　　她真诚地说道："我所迫切想知道的是撒迪厄斯·舒尔脱先生是否平安，

而别的事情，太微不足道了，我觉得他的所作所为从始到终都是最善良、最伟大的。我们有义务帮他摆脱罪名。"

我从坎伯维尔返回家里的时候夜已经很深了。我的伙伴的书籍和烟斗都放在他先前坐着的那张椅子上，可是没有看到他的影子。我朝周围望了望，指望他能留给我一张什么字条，但是我并没有发现什么留言。

当赫德森太太进到屋里来拉百叶窗的时候，我问道："夏洛克·福尔摩斯先生出去了是吗？"

"没出去，先生。他去他自己的卧室了。"她压低声音，轻轻地说道，"你知道不知道，先生，我看他肯定是病了！"

"赫德森太太，你为什么说他病了呢？"

"先生，他做的事情有点儿奇怪。您离开之后，他在房间里不住地走来走去，他的走路声把我吵得不耐烦了。后来又听到他在自己对自己说话。每回只要有敲门声，他就会走到楼梯口问道：'赫德森太太，是谁呀？'此刻，他又将自己反锁在卧室里。可是，我听到他又在房间里不停地踱着步子。我但愿他没有生病。方才我还毫无顾忌地劝他先吃点儿下火的药。但是，先生，他回转过身来睁大眼睛盯着我，那模样把我吓得都不知道自己是怎样从那个房间里走出来的。"

我连忙解释说："赫德森太太，我认为你不用害怕，他那模样我过去也看到过。他那是有心事儿，焦躁不安。"

我故意满不在乎地和我们这位值得尊敬的房东谈着，可是，整整一夜，我依然能听见他那踱来踱去的乏味的声音，我此时心里感到十分着急。我知道，他很想抓紧时间处理此事，却又不能盲目行动，这弄得他心里焦虑不安。

第二天吃早饭的时候，我看到他脸色苍白，两颊泛着红晕。

于是我就劝说道："老兄，何必自己糟蹋自己呢，我听到你整整一夜都不住地走来走去。"

"没错，我睡不着觉呀。这浑蛋问题弄得我难受。所有的大问题都已经

注释　盲目：无见识、无目的。

解开了，而现在却被这么一个小小的难题给卡住了，我不死心哪！咱们如今已经知道凶犯是什么人、知道了船的名字、特征，知道了别的所有一切，可是就是找不到这只汽船。我又调集了一切力量，把我的一切办法都派上了用场。整条河都已经搜查遍了，仍然没有发现汽船的踪迹，史密斯太太那儿也没有她丈夫的消息。我甚至都想他们是不是已经把船沉到河里去了，可是我又感觉解释不通。"

"是不是咱们被史密斯太太给欺骗啦。"

"不会的，在这一方面我们大可不必担心。我已经查过了，的确有这样一只汽船。"

"那只汽船有没有向上游开的可能呢？"

"我也这样想过，已经吩咐一帮人向上游搜寻到瑞奇门德那一带。要是今天还没有一点儿消息，那么我明天就亲自行动，只找凶犯不找汽船。可是，可以保证，我们肯定能获得消息的。"

又过去了一天，我们依然没有什么消息。维京斯和别的搜查人员都没有带来半点儿消息。全市各大报纸上都已经刊登了关于上诺伍德惨案的消息。似乎那帮记者对可怜的撒迪厄斯·舒尔脱都很怨恨。除去官方会在第二天验尸以外，各大报纸对此并没有什么有关新情况的报道。傍晚我漫步去了坎伯维尔，对太太和小姐说了我们没有得到任何消息的情况。我回到家里来的时候看到福尔摩斯依然垂头丧气，满面愁容，就连我提出的问题都不愿回答。他整整一个晚上都在忙着鼓捣他的化学试验。蒸馏加热以后发出的一种刺鼻的臭气儿，呛得我只好走出这个房间。直到天将要亮了的时候，我还能听到试管撞击的响声，我知道他依然在做着这种发出臭气儿的化学试验。

次日清晨，我醒过来的时候，惊讶地看到他正站在我的床前，身穿一件做工一点儿都不细致的水手服，外套一件短大衣，脖子上系着一条围巾，颜色是红的。

他对我说："华生，经过反复思考，我只得亲自去河下游走一趟了，没有其他的办法。无论如何，都有必要去试一下。"

我说："那我和你一块儿去行不行？"

"不用了，因为你待在家里的用处要更大。我去是因为实在没有其他的办法了。虽然维京斯昨天晚上来的时候很失望，但是我认为今天肯定会有情况报上来的。一切信件和电报，你都能够打开看，假如有什么新的情况，你只管依照你自己的看法处理。行不行？"

"很愿意。"

"那我就走了，我也不知道自己会去哪里，可能你没法和我取得联系。如果幸运的话，我认为我会尽快回来的。我肯定会有好消息带回来向你汇报的。"

吃早饭的时候还没有他的任何消息。但是展开《旗帜》报的时候，我看到上边刊登了关于这一案子的最新情况。

有关上诺伍德的那起惨案，据本报获悉，案情比原来预想的要复杂神秘得多。新的情况足以证明：撒迪厄斯·舒尔脱先生和此案没有关系，昨天晚上警署把他和女管家伯恩斯坦太太一起释放了。而真正的凶手，警署方面已经有了新的线索。这个案件现在已经由英国警察厅大名鼎鼎的埃塞尔尼·琼斯先生直接负责，预计今天就能破案。

我暗暗思忖道：这样还算使人高兴。无论如何，我们的伙伴舒尔脱先生终于被释放了。我有点儿搞不懂，这个新的线索到底是什么呢？这有点儿像警署为了掩盖自己的失误而使用的老手段。

我将报纸胡乱丢在桌子上，没想到，一则寻人启事又进入了我的视线：

寻人：船主莫德凯·史密斯和他的大儿子吉姆在星期二黎明三点光景乘坐"曙光"号驶离史密斯码头，到现在仍然没有回来。"曙光"号船身是黑色的，镶有两条红线，黑色的烟筒上有一道白线条。如果有知道莫德凯·史密斯先生和"曙光"号汽船的下落者，请和史密斯太太或者贝克街二二一B座联系，酬金五英镑。

很明显，这是福尔摩斯耍的花招，贝克街的地址完全可以证明这一点。这则启事的用词十分巧妙，就算是凶手们看到了，也会以为这只是一个妻子寻找丈夫的普普通通的启事，绝对看不出里面的真正意图。

漫长的一天终于过去了。每逢我听见门铃的响声，或者听见街道上杂乱的走路声，我就会猜测要么是福尔摩斯回来了，要么是看了启事以后来报告消息的人。我尝试着去读书，可是我总是不能集中精力，思路总是情不自禁地就跑到我们搜寻的那两个凶犯身上。有的时候我甚至怀疑：是否福尔摩斯先生的推理不对？可能是聪明一世，糊涂一时吧？或者由于这一切证据不太真实，弄得他聪明伶俐的头脑判断出了差错？我可从来没有看到过他工作上出现过什么错误呀，但是再聪明的人也不能做到万无一失呀，我想可能他是太自信。他是不是因为太爱把原本非常普遍的简单的问题当成非常繁杂、复杂的难题，以至于一直错下去？可是返回来仔细想想，这一切证据都是我亲自看到的，他的推测也是我亲耳听到的呀。再想一想这一系列离奇的事实，尽管当中有很多是微不足道的，可是所有的事实都指着同一方向。我只好承认，即使福尔摩斯的推理真的出了错误，那么也只能表明此案本身太离奇、太不同寻常了。

大约是下午三点的时候，门铃突然响起来，厅内有一种说话声像是在发号施令一样，真没想到，来人居然是埃塞尔尼·琼斯先生。但是，他的神情和平日里截然不同。上回在上诺伍德的那种粗鲁、神气十足和自傲自大的神情彻底消失了，取代它的是谦逊以外还有点儿自愧。

"您好，先生，听说夏洛克·福尔摩斯先生出去了，是吗？"

"没错，我也不知道他什么时候能回来。您可以在这儿等等他。请坐，看看我们这种雪茄烟味道怎样？"

"多谢，请给我一根。"他一边说一边拿一块绣着花的手绢拭了拭额头上的汗。

"来一杯掺苏打的威士忌吗？"

"好吧，半杯就行了。没想到今年都到这种时候了还那么热，还遇到那么多事儿使我烦躁。你还记不记得我对上诺伍德那个案件的看法？"

"我曾记得您说过一回。"

"咳，如今我对此案不能不重新推断了。我原本已经把舒尔脱先生握在手里了，但是，咳，先生，他半路又从手里逃走了。他说出了一个难以推翻的事实来加以证明——那就是从离开他哥哥的卧室以后就始终有个人在后面跟着他，因此这个爬到天花板上的，通过暗门进入卧室的人绝对不可能是他。这的确是一个棘手的案件。我在警署里的信誉因此而打了个折扣，我十分希望能得到你们的一些帮助。"

我给他一个台阶下，于是说道："咱们每个人都有需要他人帮忙的时候。"

他用坚决自信的语气恭维道："先生，您的搭档夏洛克·福尔摩斯先生真的是一位伟大的天才，没有人能和他相比。我知道他办理过很多很多的案子，没有一件不是搞个真相大白，他所用的办法多得使人看不过来，尽管有的时候脾气有点儿急躁，可是总的来说，我觉得他会是一位最优秀的大神探。不怕别人耻笑，我甘拜下风啊！今天早晨我接到了他的一份电报。从电报的内容可以知道，关于舒尔脱这个案件，他又发现了新的线索。看，这就是那份电报，你看看。"

他从衣兜中掏出电报给我。这份电报是十二点钟从白杨镇发来的：

立刻到贝克街去一趟。假如我不在，请你等一等，我已经找到舒尔脱一案凶手的迹象。假如您想瞧瞧本案的结果，今天晚上可以和我们一起去。

我说道："这则消息太使人高兴了。显而易见他已经把断了的线索给找到了。"

琼斯扬扬得意地说道："哈，这么说来他也有出错的时候，即使我们的大神探也有出错的时候。当然此次也许会白高兴，可是，我们警察的责任是不准许错过每一个机会的。哦，有人叫门，可能是他回来了。"

有个人一路气喘吁吁的，迈着重重的步子走到楼上。这个人上楼似乎很费劲，因为他半路上还略微停下了那么一两回。最后他走进房间里。他是一个上了岁数的人，身穿一件粗糙的水手服，外边套着一件破烂的大衣，大衣的扣子一直系到脖子上。他弯腰驼背，两条腿不停地哆嗦，急促地喘着粗气，看起来很难受。他拄着一根粗粗的拐杖，双肩不停地耸动，好像呼吸很费力。他的脸上，除去两只眨巴着意味深长的眼睛，浓浓的白色的眉毛和暗灰色的髭须以外，其他的部分都被他的围巾遮掩住了。整体来看，他似乎是一个年纪很大、贫穷不堪，可是依然使人敬重的航海家。

我关切地问道："老人家，你有什么事情吗？"

他以老人那独特的习惯，不紧不慢地朝周围望了望。

问道："夏洛克·福尔摩斯先生在这里吗？"

"他出去了，可是我能代表他，如果您有什么事儿只管告诉我吧。"

"我有些话要告诉他本人。"

注释　髭（zī）须：嘴周围的胡子。

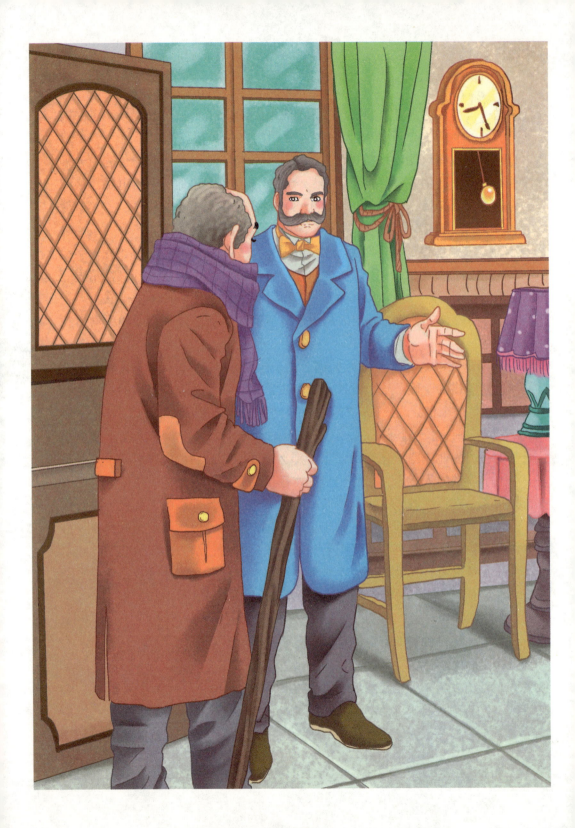

"我已经对您说了,我可以代表他。是不是关于莫德凯·史密斯的那只汽船的事情?"

"对,我知道那只汽船在哪里。我还知道他所要搜寻的凶手在哪里,宝物在哪里。所有的这一切我全都知道。"

"那么请您对我说吧,我一定会替您转告他的。"

他像所有的老人一样,爱发怒和倔强,又说了一遍:"我只对他本人说。"

"那好吧,你就在这里等他一会儿吧。"

"不等了,不等了,我可不想为了这件事而花费我一天的工夫。假如福尔摩斯先生出去了,就只得叫他自己想办法去打探这些事情了。你们两位的面貌我都不太喜欢,因此,我一个字都不会对你们讲的。"

他迈着沉重的脚步朝门口走去,可是,埃塞尔尼·琼斯奔到他的面前,挡住了他。

他说:"老人家,请稍等一会儿。您既然有重要的事情要报告,可以再等一会儿嘛,用不着那么着急离开吧!无论您是不是喜欢,我们都要把您留在这里,直至福尔摩斯先生回来。"

那位老人想立刻走出去,可是埃塞尔尼·琼斯已经用他那宽大的背倚在了屋门上,拦住了老人出去的唯一出口。

那位老人拿手杖狠劲敲打着地板,叫道:"简直太不像话了!我是到这儿来探望一位老朋友的,你们两人我从来都没有看到过,却非要拦着我,还对我这样没有礼貌!"

我赶紧赔不是说道:"您不要太着急嘛!您所耽误的时间,我们会赔偿您的,请您先在那边的沙发上坐一坐,福尔摩斯先生很快就会回来的。"

他万般无奈地坐到那边的沙发上面,用手蒙着面孔。我和琼斯先生又接着一边抽着雪茄烟一边聊天。突然间,我们听到了福尔摩斯的嗓音。

他说:"我认为你们也应该给我一根雪茄烟吧。"

我们两个人惊讶地从椅子里一跃而起。福尔摩斯微笑着坐在我们的

注释　倔强(jué jiàng):固执,不服劝。

身边。

我惊奇地喊道："福尔摩斯！原来是你啊！但那个老头儿哪里去了？"

他举着一把白色的头发，说道："那老头儿就在这儿，假头发、假胡子、假眉毛都在这儿。我就知道我的化装术是很棒的，可是没有料到你们两个也被骗着了。"

琼斯兴奋地喊道："嗯，你这个家伙！你简直比一位优秀的演员都神。就靠你那神气活现的老人咳嗽的模样，以及你那两条虚弱无力的腿的模样，一星期内最多能挣到十英镑。但是，我觉得我还是看出了你的目光。我们还是没有那么轻易就上当的。"

他一边点上烟，一边开口说："我这整整一天都是这么打扮的。你知道的，慢慢地，已经有很多坏蛋认得我原来的样子了。特别是咱们的这位华生朋友将我的很多侦探事情写成书以后。因此，我在采取这种也许和坏人正面交锋的搜寻行动的时候，就只能草草地化装啰！接到我给你拍的那封电报了没有？"

"接到了，因此我才到这里来的。"

"那个案子进展怎样？"

"没有什么进展。所以我只好先把那两个人释放了，而另外两个人呢，也拿他们没办法。"

"没关系。一会儿我会拿另外两个人来和你交换他们这俩人。可是你一定得听从我的安排。所有的成绩都可归你，所有的行动都必须服从我的指挥，这一点你答应不答应？"

"完全答应。只要你帮助我把那两个凶手逮到。"

"那好吧。一言为定。第一，得给我一艘警察快艇，七点钟在威斯敏斯特等着我。"

"这没问题。那儿始终停泊着一艘。我去街道对面用电话证实一下就行了。"

"除此之外，你得带两位身手不错的警察，防止凶手反抗。"

"艇里一直都有两三名警察。还有什么其他的吩咐吗？"

"我们只要逮到凶犯，那财物就能抢回。我的这位医生朋友得亲手把这一箱财物交到那位摩斯坦小姐手里——照理说这财物的一半都应该归她所有，再让她亲手打开宝箱。他肯定会因此而快乐的。是不是？华生。"

"我将会感到非常荣幸。"

琼斯摇了摇头说："这有点儿不符合正规的程序。既然整个案情本身就不符合正规，我想咱们干脆再行个方便吧。但是看完以后，财物必须送交政府检验登记。"

"那是当然的。这一点不成问题。我很想听一听乔纳森·斯莫尔亲自具体供出关于这个案子的始末。你是知道的，我向来就喜欢搞清楚案子的详细情况。在我这儿或者别的地方，在警察的看护下，我要求先单独随便地审问他，对这一要求，你或许不会有什么不同意见吧？"

"你是这个案子的重要人物。我对这个名叫乔纳森·斯莫尔的人还没有了解到什么情况，假如你能逮住他，我没任何理由不同意你先单独审问他。"

"那么，你答应啦？"

"答应。还有其他的要求吗？"

"那就请您和我们一起用晚餐。我这里有生蚝和两只松鸡，还有我专门挑选的特制白酒。华生，你也许还不知道吧，我也是一个精明的管家。晚餐半个钟头就可以做好。"

思考 白胡子老人执意要亲口告诉福尔摩斯什么？

经典文学名著宝库 Literature of Classic ［青少版］
The Classics

第十章 凶手的末日

名师导读 Teacher Reading

　　船有了下落，终于柳暗花明了，福尔摩斯、我还有琼斯吃了顿愉快的晚餐。晚上开始行动，准备与凶手一搏。昏暗的月光下，追上了史密斯的船并且与他们展开了枪战。

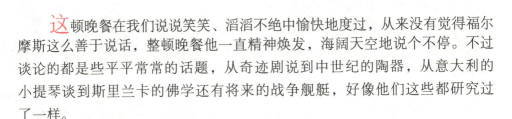

　　这顿晚餐在我们说说笑笑、滔滔不绝中愉快地度过，从来没有觉得福尔摩斯这么善于说话，整顿晚餐他一直精神焕发，海阔天空地说个不停。不过谈论的都是些平平常常的话题，从奇迹剧说到中世纪的陶器，从意大利的小提琴谈到斯里兰卡的佛学还有将来的战争舰艇，好像他们这些都研究过了一样。

　　由此可见，埃塞尔尼·琼斯在空闲的时候也是一位喜欢聊天、性格随便的人，因此他能附和席间的这种快乐气氛。而我呢，则为我们很快就能结束此案而感到高兴，因此，我和福尔摩斯先生一样举杯畅饮。宾主三人快乐、和谐，没有人提到晚饭以后的危险活动。

　　晚饭过后，福尔摩斯看看表，又倒了三杯红葡萄酒。

　　"再来一杯，提前祝福我们今晚的行动能够大获成功。时间快要到了，我们上路吧。华生，你有没有枪？"

　　"抽屉中放着一支，是过去在军队中用过的。"

　　"那么，你最好带着。有比没有好。马车已经在大门外候着了。我已经讲好，让他六点半到这儿来接咱们。"

　　我们抵达威斯敏斯特码头的时候，七点刚过，那只汽船早已经在那里等着了，福尔摩斯用端详的眼神看了看说：

"这只船上有能看得出是警察快艇的标志吗？"

"有，船舷一边的那盏绿色的灯。"

"那么，先把它摘下来吧。"

取下那盏绿灯以后，我们陆续上船，解开船绳，我和福尔摩斯以及琼斯全都坐在船的后边，另外一个人掌舵，一个人看守着机器，两名身体强壮的警长坐在船的前面。

琼斯问："往什么地方开？"

"伦敦塔。对他们说一声，在杰克伯森船坞的对面停下。"

我们的船开得像飞一样迅速，我们超过了很多载着满满的货物的平底船，与之相比，它们好像停泊在河里静止不动似的。等我们又超过了一只汽船，并将它甩得很远以后，福尔摩斯欣慰地笑了。

他开口说道："按照这样的时速行驶，我们能够超过河里行驶的任何船只。"

琼斯答话说："那可说不上。但是，时速能超过我们的船只的确很罕见。"

"我们一定得追上'曙光'号，它可是一只著名的快艇。华生，借这个空儿，我将现在案件的情况对你说一下。你是不是还记得我曾经讲过，一个微不足道的小难题把我给困住了，我是绝对不死心的吗？"

"当然了。"

"于是，我就来做化学试验而使得自己的头脑获得充分的休息。一位最了不起的政治家曾经讲过这么一句话：'改变一下工作是最有效的歇息。'这一句话是完全正确的。在我做溶解碳氢化合物的实验成功了之后，我就又联系到了舒尔脱的事情上，把这个问题从头到尾重新进行了一番思考。我所派出的那些小孩儿把河的上上下下都搜了一遍，但是没有发现船只的任何踪迹。这只汽船既没有停泊在哪个码头，也没有返回去，也没有为了销毁痕迹而使之沉到水里——当然了，假如的确找不到，这依然是一种有可能性的

注释 端详：仔细地看。

假定。我知道，斯莫尔这个人有点儿小伎俩，可是他没有多少文化，思考事情就不会那么全面。为了搞清楚樱沼别墅的事情，他甚至在伦敦待了很长时间——这一点我们从他对樱沼别墅的长久监控的事情就足以证明，那么，他逃走也就需要有点儿布置的时间，即使只有一天，这一点也是很有可能的。"

我说道："这样的可能性好像很小。也许他在打算离开这里以前就早有准备了。"

"不，我并不这样认为。这个匪窝是他的最佳躲避之处，除非他非常确定此地对他已经没有用处了，不然的话，他是绝不会随意抛弃的。但是，我又考虑到了第二个可能，乔纳森·斯莫尔肯定会意识到：他的帮手的那副奇怪的相貌，不管怎样化装，始终会引起人们的留意，所以极有可能使他们想到上诺伍德的那件悲惨的案子。对于这一方面，机警的斯莫尔绝不会忽视的。为了蒙蔽别人的眼睛和耳朵，他们天黑之后才离开匪窝，并且肯定在天亮以前又返回匪窝里。根据史密斯太太说的事情，他们是黎明三点钟登上的船，而一个多钟头以后，天就放亮了，因此，我猜测他们肯定没有走太远。他们付给了史密斯很多钱，借此堵住他的嘴，避免他声张出去。他一定很想先探听一下风声，再选一个漆黑的夜晚从格兰夫尚德或者多佛大码头坐上早就订好了船位的大船，逃到美国或者别的一些殖民地国家。"

"可是那只汽船在哪里呢？他们总不会将它也藏到他们的匪窝里去吧？"

"当然不可能了。我想，这只汽船我们尽管没有找到，可是它也不会走得很远。我们把这件事放在我们自己的身上想一想，从斯莫尔这个人的本事来说，肯定会想：假如的确有警察追踪的话，那么将船返回或者停泊在随便一个码头上，都会成为一个追踪的对象。那么，怎样才能把船隐蔽起来，并且又能什么时候想用就什么时候取呢？如果我是他的话，我会怎么做呢？我认为，只有一个办法，那就是将船开到船坞里，把它稍做修整。这么一来，既实现了隐藏的目的，又能在使用前几个钟头告诉船坞，非常方便。"

注释　船坞（wù）：建造或检修船舶的大型水工建筑物。

"这似乎很简单。"

"就因为过于简单了，因此才容易被忽略。于是，我就顺着这一思绪开始着手搜查。我换上一套水手服，去河下游的每一个船坞里进行打听。我接连打听了十五个船坞，仍然一无所获。可是，当我打听到第十六个——杰克伯森船坞的时候，我获悉在两天以前，曾经有一个安着木头腿的人把'曙光'号送到船坞里，吩咐修理船舵。那儿的一个工头告诉我：'就是那只画着红道道的船，实际上根本就没有坏的地方。'正在说话间，走过来一个男人。你猜一猜是谁？不是旁人，正是那位消失了的船主莫德凯·史密斯先生。他喝了很多酒。当然了，我并不认得他，是他自己说出了他的姓名和船的名字，并且说：'今天晚上八点船必须得修好，记好了，正八点。有两位先生需要乘这只船，不要耽搁了我的大事'。他向那些工人拍了几下他那叮当响的衣兜，显出他很富有的样子。这证明凶犯们给了他很多钱。我跟踪了他一段路程，最后，他走进了一个酒馆里。于是我又返回那个船坞里，半路上我碰上了我的一位小助手，我就让他待在那儿，看着那只汽船。我对他说，让他站在船坞出口的地方，只要船一离开，就挥舞手里的手绢报信儿。我们在河里休息一会儿，瞧瞧他们往哪里去。这回肯定能人赃俱获呢。"

琼斯说："不管他们到底是不是真的凶手，你的打算是周密的。但是如果换上我，我就会先让人去探察一番周围的情况，只要查到有一丁点儿不同寻常的情况，他就会撤销此次行动，重新隐藏起来，等待最佳时机。"

我说："你只要盯住了莫德凯·史密斯，就能找出他们的隐藏处所了。"

"如果那样，我刚才做的一切就没有用了。我觉得史密斯大半数就不知道他们住在哪里。他只要喝着酒，挣着钱，别的事情管那么多做什么？假如有事儿，凶犯们肯定会让人捎信儿给他的。每一个可能性我都仔细想过了。眼下我们实行的是最佳之策。"

说话的工夫，我们不自觉地就已经通过了几座横跨泰晤士河上的大桥。当我们在市区中穿过的时候，夕阳的余晖已经把圣保罗大教堂房顶上的十字架映射得格外耀眼。而我们抵达伦敦塔的时候，天已经黑了。

福尔摩斯用手指着遥远的地方靠近萨利区河岸的一个桅樯耸立之处，说道："那儿就是杰克伯逊船坞。用这一连串驳船当掩映，咱们的船就在这儿缓缓

地来来回回地察看吧。"他由衣袋里掏出夜视镜，朝岸上望了望，说道："我看到那个哨兵了，他那里什么动静都没有。"

琼斯迫不及待地说："要不咱们去下游等着拦他们吧。"

看起来他已经有点儿着急了。甚至连那几位压根儿不知道会发生什么事情的警长和司炉工也流露出着急的神情。

福尔摩斯却镇定地说："尽管他们有百分之百的可能会走下游，可是我们并没有充分的把握。而我们现在占领的这个地方，能够观看到船坞口的所有情况，他们却看不到我们。今天晚上的夜色很好，月光明朗。我们就在这里。看，那儿煤气灯下面那么多人！"

"那大概是刚刚从船坞下班的工人们。"

"这帮人尽管外表很脏，举止粗鄙，可是他们每一个人的身上都蕴含着一种不可毁灭的精力。如果只看他们的打扮，你们根本就不会想到这一层。这不是与生俱有的，人本身就令人不可捉摸。"

我说道："有的人说，人是动物之中最伟大的一种动物。"

福尔摩斯说道："温伍德·瑞德就这个问题和你的看法差不多。他说，每一个人都是个费解的谜，但是将人全都集合起来，就有一定的规律了。比如说：你不会预先知道一个人的性格，可是却能准确地知道人类共有的个性。个性有差别，共性却是永远不变的。关于这一点，统计学家们也是这样说的。……你们看到那儿的手绢了吗？"船坞场那边的确有一个很小的白点在摇晃。

我喊道："是的，是你的那个小哨兵。"我看得清清楚楚。

福尔摩斯惊讶地喊道："看，那

注释 桅（wéi）樯：桅杆。也借指船只。

就是'曙光'号。速度快得惊人！机械师，咱们加速前行！追上那只亮着黄灯的汽船。我的天呀，如果赶不上它，我会懊悔一生的！"

"曙光"号已经驶离了船坞，然后就将两三只小船甩在了最后边，由于小船的遮掩，等我们再看到它的时候，它的行速已经非常快了。它顺着河岸用飞一般的速度朝下游前进。琼斯看到了，不住地摇着头说道：

"这条船几乎在飞，咱们也许赶不上它了。"

福尔摩斯紧紧地咬着牙，说道："咱们一定得赶上它！司炉，赶紧添煤！开足马力！就算是把船弄坏了，咱们也必须得赶上它！"

咱们如今是紧追其后了。炉膛里的烈火奔腾，引擎发出扑哧扑哧声和铿锵有力的声音，活生生地像一个金属心脏在蹦跳，引擎的每回悸动都致使船身剧烈地震动、颤动，很尖的船头打破了寂静的河水，河水在汽船的两边溅起团团浪花。船舷上面的一盏黄色的探照灯向我们的前边映射出一条很长的光束。正前面很远的一个小黑点，那就是"曙光"号，它的背后的那两道银白色的浪花，表明了它的行驶速度。这个时候，河水上各式各样的船只已经许多了，我们不得不横穿往两边绕着飞过去，"曙光"号快速行驶了，我们紧随其后。

福尔摩斯朝机房叫喊道："各位伙计，赶紧添煤！把火燃得再旺一些！尽量让船驶得更快一点儿！"下边机房的火光照射着他那张鹰隼一样的脸。

我说："我们的确追上了很多，再过几分钟我们就能赶上它了。"

琼斯看着"曙光"号，说："我认为咱们追上一点儿了。"

就在这个时候，想象不到的事情发生了，一只拖船拉着三四条平底船摇摇晃晃地横在我们的前边，幸好我们急忙转动船舵，才免除了和它相碰。但是，当我们从旁边绕过它们，接着向前飞速行驶的时候，"曙光"号已经超过我们足足有二百码。多亏我们还可以清楚地看到它，因为昏暗模糊的夜色已经转成了繁星高照的夜晚。船上的炉火旺得达到了顶端，驱使船向前行驶的力量格外强大，致使薄弱的船壳不停地晃动，咯吱咯吱作响。我们的快艇通过了伦敦桥，冲过了西印船坞，驶过了很长的德福河段，又绕过了狗岛，接着前进。刚才在我们面前只是一个很小的黑点的"曙光"号，此刻已经看得清清楚楚了。琼斯将我们的探照灯对准了这只汽船，这么一来我们就可以

注释 引擎（qíng）：发动机。

把船板上面的人看得一清二楚了。只见有一个人坐在船尾上，他两条腿中间有一个黑乎乎的东西，他弯腰看着这个东西。在他身边有一大堆黑乎乎的东西，这个东西看起来好像是一只纽芬兰犬，是一个小男孩儿在把舵。在炉膛中熊熊火焰发出的红光中，我们看到史密斯赤裸着肩膀在不断地添煤。刚开始他们也许有点儿怀疑，我们可能是在追击他们，而如今我们显然是紧紧地尾随在它后面，一步一步地向它逼近，毋庸置疑是在追击他们。抵达格林尼治的时候，我们两条船之间相隔只有大概三百步，抵达莱沃的时候，两条船之间相隔就没有二百五十步了。在我一辈子事业的奔忙中，我在很多地方也遇到过许多次追击，但是从来没有过像今天晚上在泰晤士河时这样扣人心弦的体会。如今两船之间的距离已越来越小了。船尾甲板上的那个人依然蹲在那里。他在不停地挥舞着两条胳臂，时不时地抬起头来估计着两条船的间距。两条船的间距越来越小了。琼斯大声喊叫着，让他们马上减速停下来。两条船的间距只有四条船的长度了，这个时候已经靠近河口了，河岸的一侧是巴克英平地，另外一侧则是令人苦恼的普拉姆斯梯德沼泽。听见喊叫声，船尾甲板上的那个人站起身来，双手紧紧地攥紧拳头朝我们挥舞着，并且歇斯底里地大骂。他身体强壮，个子很高，双腿叉开站在那儿。我看到他的右侧大腿下面用一根木棍支着。听见他那尖厉气愤的咆哮声，那个蜷缩在他身旁的黑影儿缓缓地站起来，原来那是一个小黑人，我从来没有见过这样矮小的人。福尔摩斯已经把手枪抓在了手里，看到这个头大得像斗，头发蓬乱的生番，我也拿出了手枪。这个生番穿着一层像毛毯一样的东西，只有面孔显露在外边。那张面孔足以使人丧魂失魄。直至现在我从来没有看到过这样狰狞恐怖的面孔。他那两只小眼睛迸射着凶光，厚厚的嘴唇从牙根往上翻卷着，他像野兽一样龇着牙咧着嘴朝我们疯一般地叫喊着。

福尔摩斯低声叮嘱我："只要这个生番一抬胳膊，咱们就开枪。"

这个时候，两条船之间只剩下一条船的距离了，很快就能抓到凶犯了。在我们船上那盏黄色的探照灯的映射下，我能清清楚楚地看到：那个白人分开两条腿，不住地狂骂着，那个瘦小的黑人满脸怨愤地朝我们龇着牙咧着嘴狂喊着。

注释　歇斯底里：（Hysteria）又称癔病。由精神刺激或不良暗示引起的一类神经精神障碍。

　　　　生番：旧时侮称文明发展程度较低的人。多指少数民族或外族。

幸好我们能看得清清楚楚。那个小黑人由毛毯中拿出一根好像木尺的木棍，往嘴唇上放。这个时候，我和福尔摩斯立刻扳动扳机，两支枪一起射击。那个黑人回转过身去，双手高高地举起，伴随着一声低沉的咳嗽声，摔倒河里，那一瞬间，他那两只凶狠的眼睛就在白色的急流里消逝了。这个时候，那个安着木头腿的人奔向船舵，用尽浑身的力气抢过舵柄，于是船就直接飞速朝南岸冲去，我们的船只用几尺的距离就躲开了和那条船的船尾相碰的危险。我们立刻转过航向，紧紧地追上去，这个时候，"曙光"号已经快要到达南岸了。那是一片凄凉的原野，月光照射着空荡荡的沼地，地上聚集着一大潭死水和一丛丛已经枯死的植物。"曙光号"冲到河岸上就搁浅了。船头直冲天空，船尾陷在水里，凶犯快速跳到岸上，但是，他那只假腿却立刻陷进了泥里。他使劲儿挣扎着，却进退两难。他歇斯底里地喊叫着，另外一只脚在泥泞中乱踢蹬。可是他的挣扎却让他的木头腿愈陷愈深得无法自拔了。当我们的船靠岸的时候，他已经被紧紧地陷在了泥浆草根中。我们不得不从船上丢了一根绳子过去，拴住他的肩，好像拉鱼一样将他拉上了船。史密斯父子两个早已魂不附体了，呆呆地坐在自己船上。听见命令，他们才垂头丧气地走出他们的"曙光"号，来到我们的船上。一只精美的印度铁箱放在那只船的甲板上，毫无疑问，那肯定就是让舒尔脱被害的宝箱。箱子上没有钥匙，重重的。我们小心谨慎地把它弄到了我们的船舱里。我们将"曙光"号拉在我们的船后面，缓缓地朝上游开去。我们一边走一边用探照灯往河周围的水面照射，但是，没有看到那个黑人的影子。可能他已经淹死在泰晤士河下面了。

就在我们刚开始站的位置，一根带毒的刺，赫然在上面，若不是我们的扳机扣得及时，恐怕就在刚才我们已经面临死亡了，我想起那个可怕的夜晚，不由得浑身寒战。

注释　搁浅：指帆船因掌握方向不当而误入水深小于帆船吃水深度的浅滩上，或因控制不好被风吹在河床浅处或海滩边，失去了浮力，无法航行。

思考　福尔摩斯所乘的船追上"曙光"号了吗？

第十一章 大宗阿格拉宝物

名师导读 Teacher Reading

　　犯人终于抓到了，他们交代了事情的经过，藏宝箱也回到了摩斯坦小姐的手中。可是，却又发生了什么事情让福尔摩斯继续陷入了思考。为什么舒尔脱在他们之前就死了，藏宝箱为什么是空的？不过还好有些好的现象出现了，华生与摩斯坦小姐找到了自己的幸福。

　　福尔摩斯指着船舱口慢条斯理地说："你瞧瞧，多危险啊！咱们的枪弹还赶不上他的毒刺快！"

　　我们就回转过头瞧背后的舱板，那上边笔直地插着一个毒刺。看起来这个小野人动作很麻利，在我们放枪以前就吹出了毒刺。于是，我们感觉后背有一股股凉意，不禁倒吸了一口凉气，回想起来真是令人害怕！

　　犯人呆呆地坐在船舱中，看着他为之卧薪尝胆，经过了多年的努力才到手的那个精致的铁皮箱。他是一个脸色很黑，狂妄自大的东西。从他那红褐色的面孔，就能够看出他过去长期做户外的苦役劳动。他那蓄着长长的胡子的下颚往外鼓起，这说明他是个性格固执的人。他的年龄应该在五十岁左右，因为他那满头卷发大多数已经灰白了。在往常，他的样子并不可怕。可是，在愤怒之下，他那两条浓密的眉毛和富有挑衅性的下颚就会构成一张可恶的脸。他坐在那儿，把戴镣铐的两只手放在大腿上，头耷拉在胸部，时不

注释 挑衅：蓄意挑起争端。

时地用他那两只锐利的眼睛看着那个让他成为罪犯的铁皮箱子。我觉得，他心底里的愤恨比表面上的痛苦要剧烈得多。有一回他朝我看了一眼，眼神里似乎流露出某种风趣的意义。

福尔摩斯点燃一根雪茄烟，说道："乔纳森·斯莫尔先生，很遗憾，事情的结果并非我愿。"

他坦率地回答说："先生，我也感到挺遗憾的。我认为，这次我是完蛋了。但是我起誓，舒尔脱先生绝不是我杀害的，是那小坏蛋喷出的一根带剧毒的刺，将舒尔脱给杀死的。对于这些我一点儿都不知道，先生。舒尔脱先生死了，我也感到很伤心，为了这个，我还拿绳子鞭打了那小坏蛋一顿呢。可是，打他又有什么用呢？打了他，舒尔脱先生也无法再活过来了。"

福尔摩斯说道："抽根雪茄烟吧。你瞧你浑身都湿了，最好来点儿酒，暖和暖和身子吧。请你告诉我，你在攀绳子上去时，你怎么就那么有把握那个矮小瘦削的黑家伙能够对付舒尔脱先生呢？"

"先生，听到您这句话仿佛您那时就在场似的。我原以为那个房间里没有人，我对这个房子里人的生活习惯已很熟悉了。按照往常的习惯，那时小舒尔脱先生应当在楼下吃晚饭。我绝不会说谎话，因为我觉得说出真相就是最有说服力的辩解。如果那时是那一位老少校在房间里，我会毫不犹豫地杀死他。杀他就和吸这个雪茄没什么区别。但是如今居然为了这个小舒尔脱，我要被押往监狱，而我和他无冤无仇呀。"

"你现在是在伦敦警察厅埃塞尔尼·琼斯先生的束缚之下。他打算将你带往我家，让我来先录下你的口供。你一定得告诉我真情，假如你说真话，可能我有办法帮助你，我觉得我能为你做证，你还没有进入那个屋子的时候，那个人就已经中毒死了。"

"是的，先生。我走进屋里的时候，那个人已经死去了。等我爬到屋里一看到他那死相，吓了一大跳。我这一生还从来没有这样害怕过。如果不是童格逃得快，我那时真可能会杀了他。这个就是后来他对我说他怎样在慌忙中将那根木棒和一口袋毒刺丢了的缘故。我猜测也正是这个物品为你们提供

注释　束缚：捆绑，指约束限制。

了一个追查我们的线索。而您又是怎样把线索串联在一起又逮住了我，我就不知道了。这一点我绝不会恨你。我只恨我自己。"他无奈地苦笑了一下，又说："但是，这事儿也的确很奇怪。我原本应该有权利享受这五十万英镑，但是没这个福，前半生是在安达曼群岛修建大堤当中度过的，但后半生看来得在达特罗挖排水沟中度过了。自从我遇到那位阿奇麦特商人并且和阿格拉珍宝有了关系以后，我就开始倒霉。和这件宝物沾上边的，谁都会倒霉。那个商人因财宝而死了，舒尔脱少校也因为财宝为他带来了害怕和罪恶，而我也因为宝物将一辈子服劳役。"

这个时候，埃塞尔尼·琼斯把头伸到船舱里笑嘻嘻地说："你们倒像是一家人在团圆一样。福尔摩斯，请让我也喝点儿酒吧。我觉得我们大家应当相互庆祝一番才是。可惜的是那个人没有被咱们捉到。但是，那并非我们的过错。嘿，福尔摩斯，幸亏你先下手为强，否则就要遭到他的毒手了。"

福尔摩斯说："总体来说，这个结局还是挺令人满意的，但是我没有料到'曙光'号会行驶得那么迅速。"

琼斯说道："根据史密斯说，'曙光'号是泰晤士河上行速最快的一条汽船，假如那时他还有个人帮忙的话，我们就甭想赶上他。他还起誓说他对上诺伍德惨案毫不知情。"

我们的犯人搭腔了："他确实什么都不知道。因为我听说他的汽船行驶速度很快，就来向他租'曙光'号。别的事情我什么都没有告诉他，只是给他开了个大价。除此之外我还对他说，假如他能将我们送到在葛雷夫尚德停靠的驶往巴西去的拿梅娜达号船上，我还会付给他更多的钱。"

"嗯，假如他没有犯罪，我们肯定会释放他。我们尽管捉人速度惊人，可是，我们判刑是很谨慎的。"望着琼斯慢慢地摆出他那傲气十足的神情，真有趣。由福尔摩斯那轻轻一笑的脸庞，我知道，琼斯的话他已经留意到了。

琼斯又说："我们很快要到达洼克斯霍桥了。华生医生，如果你愿意的话，可以带着财宝从这下去。我想你应当知道我对这样的做法要冒多大的危险。这样的做法尽管非常不符合规定，可是，我们既然提前有约，我就不会

--- >>>

注释　搭腔：接上别人的话头。

失去原则的。但是，由于宝物太珍贵，我有义务派个警长陪着你一起下去。我想，你肯定是乘车去吧？"

"没错。"

"遗憾我没钥匙，否则咱们真该先清检一下。也许你只好砸开它了。斯莫尔，钥匙在什么地方？"

斯莫尔冷冰冰地回答说："在河水里。"

"哼！你存心惹出这种麻烦是没有意义的。为了逮捕你，我们丝毫不吝惜人力和物力。但是，医生，我依然要叮嘱你，千万要当心。记住把箱子带到贝克街吧。去警署结案以前，我们在那里等着你。"

我在洼克斯霍桥边登岸，提着那只沉重的铁皮箱子，在一名身手非凡的警长的陪伴下，坐车半个钟头以后就来到了塞西尔·弗里斯特太太家里。对于那么晚有人来拜访，前来开门的女佣感觉很吃惊。她告诉我弗里斯特太太出去了，也许要半夜里才能回来。但是，摩斯坦小姐在客厅内。我将那位警长留在了车子上，自己拿着宝箱径直走进了客厅里。

摩斯坦小姐坐在敞着的窗子跟前，她身上穿着一件颈间和腰际都装饰着鲜艳花结的半透明的白色衣裙。在那柔和的灯罩射出来的灯光里，她仰靠在一把藤椅中，灯光照射着她那副恬静、严肃的面孔，使她那一头轻柔弯曲的头发变成了金黄色，她那一条洁白如雪的胳臂放在了椅子的扶手上面。她这样的姿势和神情表明她好像有很多的忧虑积压在心里。听见脚步声，她立刻站起身来，由于惊奇和高兴，她的脸颊通红。

"我听到大门外面的车声，还以为是弗里斯特太太提前回家来了，没料到竟然是您。您为我捎来了什么好消息吗？"

我将铁皮箱子搁在桌子上，尽管心里很烦闷，可是依然故作欢喜地说道："我给您带来了比好消息还要好的东西。这件东西比世界上任何一个消息都要珍贵。我为您带了绝世珍宝。"

她瞟了一眼桌子上的铁皮箱子，不以为然地说道："那么，这就是珍宝吗？"

"没错，这就是举世罕见的阿格拉宝贝。一半属于您，一半是撒迪厄斯·舒尔脱先生的。你们二位可以得二十五万上下的英镑。想一想，一年的利息就是一万镑。在英格兰像这样有钱的年轻小姐可是很少哦，难道这个不使人高兴吗？"

可能我表示那种兴奋的心情的时候做得也许有点儿过分了。她轻轻地扬了扬眉毛，用奇怪的目光望着我，我知道她已经意识到我并非在诚心诚意地庆祝她。

她说："假如我能够获得这笔财产，那也得首先感谢你啊！"

我推辞说："不，不，不要感谢我，应该感谢我的朋友福尔摩斯。像他这种富有天才头脑的人物，为了破这个案件也花费了很多的精力，甚至到了紧要关头还差点儿失败。而像我这种人，哪怕用完所有的精力都找不到一点儿线索的。"

她温柔地说："华生医生，请你快点儿坐下来，给我说说这所有的经过吧。"

我将上回和她见面之后所发生的一切——福尔摩斯重新想出来的搜索办法，"曙光"号的找到，埃塞尔尼·琼斯的露面，今天晚上泰晤士河上的疯狂追踪——大体上给她讲了一遍。她稍微张开嘴唇，眨巴着双眼，认真聆听着我的讲述。

当我说到我们差点儿遭到毒刺的时候，她的脸色立刻变得苍白，好像马上要昏倒了。

我连忙为她倒了一玻璃杯水，她说："没关系的，我已经没事儿了。我居然叫我的朋友遭到这样吓人的危险，心里非常不安。"

"都已经过去了，不要担心。我不再说使人忧愁的事情了。我们来说点儿使人快乐的事情吧。这是财物，是特意拿来送给你的。你肯定有兴趣亲自打开它，先睹为快吧。"

"很愿意。"但是，她的话音里并没有表现出迫切期望的心情。似乎因为这件财宝是费了很多周折，花费很多精力得到的，她不得不这么表示表示，不然的话就显得她太没有人情味儿了。

她瞅着那个财宝箱，说道："多精致的箱子啊！我想这是在印度做的！"

"是的，是印度有名的比纳显兹金属制品。"

她尝试着搬了搬，叫喊道："噢，真够沉的！想必这个箱子本身就非常贵重吧。钥匙在哪儿呢？"

我回答说："斯莫尔把它丢到泰晤士河里了。我们必须用一下弗里斯特夫人的火钳。"

在箱子前边有一个沉重的大铁环，铁环上边铸着一尊很小巧的佛像。我将火钳捅进了铁环时，使劲儿往上撬起，伴随着"啪"的一下，箱子终于打开了，我用颤抖的手指把箱盖揭起来，望着箱子里，我们两人都呆住了：箱子里什么都没有。

怪不得箱子那么沉。箱子的周围全都是拿三分之二英寸厚的铁板做成的，十分坚牢，做工也格外精致，的确是特地用来保存财宝的。但如今里边什么都没有，甚至连一块破布头、金属碎末都没有，空荡荡的。

摩斯坦小姐反而安静地说道："财宝没了。"

我察觉到了这话的意义，我的内心深处那几天来的阴影好像忽然不见了。这异乎平常的阿格拉财宝压迫在我的心里不知道有多么重，如今好了，它已经被移开了。显然，这是一种自私自利、不忠诚和罪恶的想法，我知道，我们两个人之间的仅有的一个障碍就是钱。

我从心底里感到快乐，不由得大声感叹："谢谢你，上帝！"

她带着一种迷惑的笑容，问道："您怎么能这样说呢？"

我抓住她的双手，她并没有抽回去。我说道："因为我能够要我想得到的东西了。玛丽，我爱你，就好像任何一个男人爱一个女人那么诚挚。以前，那些财宝、金钱使我难以启齿。如今财宝失踪了，我可以对你说我有多么的爱你。这就是我为什么要说'谢谢你，上帝'这一句话了。"

我迫不及待地将她搂到怀里。"那么我也得说：'谢谢你，上帝'了。"她也含情脉脉地回应着我。

那一夜我知道，我获得了比五十万英镑更加贵重的宝物。

--- >>>

注释　火钳：民间烧火时用来添加柴火或者煤炭的一种使用工具。
　　　诚挚：恳切真挚。

思考　究竟发生了什么，小矮子说不是他杀了老舒尔脱？

第十二章 乔纳森·斯莫尔的奇异故事

名师导读 Teacher Reading

　　斯莫尔参过军，丢了一条腿，被迫离开了自己工作的地方。再次参军后发现了财宝，并与狱中的四个人联盟参与偷宝、藏宝、分赃。然而在他日夜想着出狱后可以分享自己的财宝时，却发生了一系列事情。究竟是怎么一回事呢？

可怜的警长在发现宝箱是空的时候，一脸的无奈。

他忧虑地说道："这一下奖金又泡汤了！宝物不见了，哪儿来的奖金？如果宝物还在的话，我和我的伙伴山姆·布朗今天晚上每个人就能获得十镑的奖金。"

我说道："撒迪厄斯·舒尔脱是一个很富有的人，无论宝物是否还在，奖金他依然会赏给你们的。"

但是，这位警长依然失望地摇了摇头。

他说："埃塞尔尼·琼斯先生也会骂我们的。"

这位警长的猜测果真没有错。当我们来到贝克街，把空箱子递给琼斯侦探瞧的时候，他不由得大惊失色。他们三个人——福尔摩斯、凶犯以及琼斯先生，也刚来到贝克街，因为他们没有按照原先的计划去做，半路上先到警署作了报告。我的伙伴像平日里一样，懒散地斜倚在他的椅子上，斯莫尔则面孔平静地和他迎面而坐，木头腿放在他那条健康的腿上，当我将空箱子拿给大伙儿瞧的时候，他背倚着椅子哈哈大笑起来。

埃塞尔尼·琼斯愤怒地说道："斯莫尔，都是你干的好事儿。"

他歇斯底里地笑着，叫喊道："是的，我已经将财物藏到你们永远都找不着的地方了。那些财物都是我一个人的。假如我不能得到，别的任何一个人也甭想获得到。我告诉你，除去在安达曼囚牢中的那三个人和我自己以外，别的任何一个人都没有权利享受它。如今既然我们四人都无法得到它，我就全权代表他们三个人把财宝处理掉了。这么做符合我们四人签名的时候所许下的诺言：我们永远都是一致的。我知道他们三个人一定会赞成我这么做的——宁愿将财物丢到泰晤士河中，也绝对不叫舒尔脱或者摩斯坦的人得到。我们杀死阿奇麦特并非为了让他们享福。财宝和钥匙都随童格葬入河底了。当我觉察到你们的汽船肯定能追赶上我们时，我就将财宝都抛入河底了。你们这次是一分钱都没有得到，一切算是徒劳了。"

埃塞尔尼·琼斯严厉地说道："斯莫尔，你这个大骗子！如果你要将财宝丢到泰晤士河里，那么，就连箱子一起丢下去不更容易吗？"

斯莫尔狡猾地斜着眼瞧了瞧琼斯，说道："是的，我这个丢宝者容易，你们这些打捞财宝的人也就很容易了。有能耐把我逮捕的人，就有能耐从河水下面把财宝捞出来。我已经将财物分开扔在大约有五英里长的河底了，如果要把它们捞起来可是一件很麻烦的事情。我是出于无奈才这么做的。当我看见你们追赶上来的时候，我几乎气得发疯了。但是，我并不可惜。我这一辈子有兴旺的时候也有败落的时候，我总算弄明白了：后悔是没有用的。"

琼斯说道："斯莫尔，这是件很庄重的事儿。我希望你能配合我们，维护法律，别再搞出什么新乱子来，增加你自己的罪过！"

凶犯怒吼道："法律！多么动听的字眼儿！财物不是我们的又是谁的呢？宝物并非他们挣来的却偏偏要给他们，难道这也算是法律吗？你们听好了，看看我们是怎样才把这些财宝弄到手的。在那热病泛滥的沼泽中，整整二十

注释 徒劳：白白地耗费劳力。

热病：一指夏天的暑病，指一切因外感引起的热病。

年，无论白天还是黑夜都在红树下面做着劳役。夜里则被紧锁在肮脏的囚棚中，铁铐在身，蚊蝇叮咬，疟疾缠身，甚至还要承受那些爱拿白人来发泄心中愤怒的可恨的黑脸狱卒的各种虐待，这就是我挣得阿格拉财宝所付出的沉重代价。难道就因为我不愿意把自己承受的痛苦所获得的东西去供其他人逍遥，你们就觉得不公平？我宁可被处以绞刑或接受童格的一根毒刺，也不愿意活在牢狱时而叫其他人拿着原本应该属于我的东西去愉悦消遣。"

斯莫尔不再沉默不语了，激动不已地吐出了这番话。说话的时候，他满腔愤怒，手铐伴随着颤动的两手发出叮叮的响声。看见他这么气愤和激动，我能够理解舒尔脱少校为什么一听见这个凶犯越狱逃走的消息以后就吓得惊慌不定了，他的害怕是有原因的。

福尔摩斯心平气和地说道："不要忘了，我们对这一切是什么都不知道的，我们不知道你的经历，也就很难判断正确是不是真的在你一方。"

"嗯，先生，您讲的话我还愿意听。虽然您使我戴上了镣铐，我并不怪你，正好相反，我还非常钦佩您，因为事情的整个经过都是光明正大、公平的。您假如想听一听我的事情，我会从头至尾、原原本本地为您讲一遍。并起誓我所讲的每一句话都是真的，绝对没有半句假话。请把杯子放在我跟前。多谢，我口渴的时候会自己喝的。"

"我出生在伍斯特郡，我的家位于柏苏尔城旁边，假如你们到那儿去，你们会看到那儿居住着很多斯莫尔族人，我一直想回家瞧一瞧，但是由于我向来行为不端正，族人们不见得欢迎我。他们全都是忠诚的教徒，是那里很有名誉和受人敬重的小农业主，而我却始终有点儿如同流浪汉一般无所事事。后来，十八岁的时候，因为搞对象惹出了乱子，家里人把我赶了出来，不得不开始了流浪生活。那个时候恰巧英国驻外兵团就要向印度挺进，为了找一条谋生的道路，我加入了步兵三团，选了依靠吃军饷而生活的道路。

"但是，我的军旅生涯里已经注定好了，不会太久的，就在我刚学会了鹅步操，学会用步枪时，有一回到恒河里去洗澡，当我刚游到河中央的时

注释 疟疾：经按蚊叮咬而感染疟原虫所引起的虫媒传染病。
军饷：军人的薪俸和给养。

候，一只鳄鱼就如同一位外科医生为我做手术一般，干脆麻利地将我右侧的整个小腿沿着膝关节下部咬去了。由于害怕和失血过多，我昏了过去。幸好连队的游泳同伴、班长约翰·霍德也在河中，要是没有他逮住我朝岸边游去的话，我早就淹死在水里了。我在医院里待了五个月，安上了这条木头腿。出院以后，由于残疾，我也不能当兵了，并且什么工作都找不到。"

"你们可以想一想，一个还不满二十岁的人就已经成了没有用的瘸子，真够倒霉的了。但是，刚刚陷入困境我就碰上了好运气。一位经营靛青种植、名字叫阿贝尔·怀特的人想雇一个监工，帮助他监督靛青园里的长工们的劳动。这个园主恰巧是我原来服劳役的部队上校的朋友。并且自从那回意外事故以后，上校始终很关心我。长话短说吧，上校极力将我介绍给这个园主。因为这份工作主要是坐在马背上，我的双膝还可以夹着马腹，尽管残疾，骑马还是没问题的。我的主要工作就是在庄园里进行监视，把工人的出勤以及劳动结果报告给园主。薪水还可以，卧室也很舒服，所以，我极想在靛青种植园里度完自己下半辈子。阿贝尔·怀特先生是一位善良的人。他经常来我的小房子里抽根烟，说会儿话。因为背井离乡的白种人相互都很照顾，都有一种亲人见亲人的亲切感，不像我故乡的那些白人，到死都不彼此交往。

"唉，没料到美好的事情往往不长久，忽然之间，大叛乱出乎意料地起来了。第一个月，人们还安安稳稳地生活、万事如意。但到了第二个月，成千上万的黑鬼就像挣脱了缰绳的野马，没有了束缚，将印度完全变成了黑暗的地狱。当然了，关于这些事情，你们比我知道得更多，因为你们能够看报纸上的消息，而我这个目不识丁的人，只能靠自己的双眼去观察，去亲自体验啦。我们靛青种植园在西北几个省边缘的一个名叫玛特拿的地方，一天夜晚，烧毁房子的火焰映得整个天空都通红一片；白天，一大批的欧洲士兵保护他们的妻子儿子通过我们的庄园，到附近驻有部队的阿格拉城去逃难。阿贝尔·怀特先生很倔强，他觉得这些叛乱的消息难免有点儿太过夸张了，混乱的局面很快就会停止的。因此，他依然扬扬自得地端坐在他的凉台上，抽

注释 靛青：地里生长的蓝色草。

着烟，饮着他的上等的威士忌。我和负责庄园行政以及财务管理的道森先生及他的太太坚持守护在怀特先生身边。但是，在一个阳光明媚的天气里，灾祸却来临了，那天我恰好外出到其他的庄园里办点儿事，当傍晚时分我骑着马慢慢回家的时候，路上，我的眼神被峻峭的山谷底部的一大堆蜷缩着的东西吸住了。我骑着马走下去一瞧，不由得胆战心惊，那是道森的妻子，她已经被人割成了一条条的，并且尸体已经被野狼和野狗吞得只余下了一堆骨头了。道森的尸首就躺在附近。他的手中还拿着一支用完了子弹的手枪，在他的前边卧着横七竖八叠在一块儿的四具叛兵的尸首。我抓着缰绳，正不知道怎么办才好，突然看到庄园主阿尔贝·怀特先生的住宅焚烧起来了，火焰已经奔上了房顶。我知道我这个时候奔过去已经没有什么用处了，并且还会连自己的一条命也赔上。从我所站着的位置能够看到很多身着红外套的黑鬼正环绕着燃烧的房屋大声欢呼，其中有几个人还用手指指我，接着就有两颗子弹从我的头顶上飞过。于是，我立即掉转马头疾驰而去，半夜里才安全逃到了阿格拉城。"

"但是实际上阿格拉城并非一个非常安全之处。整个印度几乎变成了一个马蜂窝。英国人居住的范围几乎缩小到了只在他们的枪弹射击范围以内的地方，而别的地方，那儿的英国人就只好离开家乡去别处谋生了。这是上百万人对几百个人的战争。最使人难过的是：我们的仇敌，无论是步兵、骑兵还是炮兵，都是当时经过我们培训过的精干士兵。他们所用的是我们国家的枪弹，军号的音调也和我们奏得一模一样。在阿格拉驻扎着孟加拉国第三火枪团、两个骑兵团以及一连炮兵。除此以外还有一个由商人和职员构成的义勇队。尽管我残疾了，我依然参加了这个义勇队。七月开始的几天，我们在沙干镇和叛军进行了战斗，我们也曾经打败过他们，可是，因为我们弹药缺乏，我们不得不退到城里……"

"各个地方传来的全是糟糕至极的消息，这并不值得奇怪，因为只要你瞧一瞧地图，你就知道我们正好处于叛乱的中心位置。向东西延伸一百多英里的洛昆，还有往南过去一百多英里的堪尔，各个地方，到处都是明晃晃的刺刀，到处都是残杀声。"

"阿格拉是一个大城市。那儿居住着各形各色的异教徒。在弯弯曲曲的小街道里，我们这很少的英国人是无法防范的，所以，我们的长官就调集了部队，在河的另一边一个名叫阿格拉的古堡中建起了阵地。不知道你们这些人当中是否有人看过或者听说过关于这个古堡的消息？这是一座十分奇怪的古堡，我尽管曾到过一些奇怪的地方，可是这里是我直至现在看到过的最奇怪的地方了。第一，它非常大，我估量占地面积肯定是方圆数十里。除了能容得下我们的整个部队、妇女、儿童和各种军用物资以外还有很多空闲的地方。古堡分新区和旧区两部分，旧区要比新区面积大。可是，没有人有勇气进去，因为那儿四处都是蝎子和蜈蚣。旧区里面都是空荡荡的大厅、弯弯曲曲的小路和蜿蜒环绕的长廊，这些都形成了一个迷宫，人如果走进去很快就会迷失方向，时而也有人走进去冒险的，青天白日也必须成群结队，拿着火把才有勇气走进去。"

"从旧堡前面流过的小河构成了一条护城河。堡的两边和后边，有很多供人们出入的门洞，当然，由于我们人数不多，不能照顾到整个古堡的所有角落，何况还不是每个人手里都有枪，所以，要分散兵力看守这么多的堡门是肯定办不到的。于是，我们就在古堡的中心地带设置了护卫中心，每一道门让一个白种人带着两至三个本地人看守。我的主要任务是在每天夜间一个特定的时间里把守城堡西南侧的一个和其他事物都不联系的堡门，两名锡克族士兵可以任凭我随便命令。上头的命令是：遇有险情，只需要开一枪，护卫中心立即就会派人去支援。但是，护卫中心距我们看守的地方足足有二百米，两地之间还有很多仿佛迷宫一样的弯弯曲曲的长廊和甬道，如果真的遇到袭击，我心里怀疑，援兵是不是能及时来到。"

"我是一个刚刚入伍的士兵，而且又只有一条腿，可是也当了一个小头目，心里便有点儿骄傲。前两个夜里，我和那两名从旁遮普省来的印度士兵

值班。他们其中一个名叫莫霍曼特·辛格，一个名叫艾伯杜拉·克汗，他们两人都长得人高马大，面目狰狞。他们两人长期在战场上拼搏，曾经在齐连瓦拉战役中和我们的人战斗过。他们俩都能说一口流利的英语，只不过我听不见他们说些什么。他们两个总爱站在一块儿，用他们那奇怪的锡克语嘀嘀咕咕整夜地说个没完，至于我呢，始终是独自一人站在堡门外面，向下望着那宽敞的大路、蜿蜒曲折的小河，还有那座大城内光辉闪耀的火光。当当的锣声和咚咚的敲鼓声，吸鸦片过瘾的反叛军歇斯底里的叫喊声，时时刻刻都告诉我们：危机四伏。每隔两个钟头就有值夜班的军官到各个岗哨进行一回巡查，预防意外的发生。"

"值班的第三天夜里，天空中灰蒙蒙的一片，下起了密密细雨。在这样的天气里接连几个钟头站岗，的确使人忧郁。我好几回尝试着和那两名锡克族士兵进行谈话，可是他们压根儿不搭理我。那是深夜两点，巡逻的刚刚走过去，既然我的伙伴不愿和我交谈，我就把枪搁下，拿出烟斗，点燃了一根火柴，但就在那一刹那这两名锡克族士兵朝我突然扑上来，其中一名夺走了我的枪，打开了枪上的保险栓，并将枪口冲着我的头；另外一名则拿出大刀架在我的脖子上，并且低声说：如果我敢动一下就拿刀杀了我。"

"我脑海中出现的第一个念头就是：这两名士兵和叛军是一起的，这是他们袭击的开端。如果他们占领了这个堡门，那么这整个古堡将一定会落到敌人手里，古堡里的妇女儿童也会落到和布尔城里的妇女儿童一样的吓人的后果。可能你们几个人会认为我是在为自己胡说八道，可是我可以起誓，当我这么想的时候，尽管我意识到了锋利的刀尖就顶在我的喉咙上，我依然想高声叫喊，就算这将是我的最后一声叫喊，因为也许这么做还可以给护卫中心一个提醒。那个用刀逼着我的人好像猜透了我的想法，因为就在我想呐喊时，他低声说：'不要叫喊。古堡里没有危险。河这面也没有什么叛兵走狗。'他的话听上去好像很真诚，并且我也知道，只要我一喊出声，那就肯定会被打死，从这个人褐色的眼睛中就能够看出这点。所以，我一言不发，默默地等着，看看他们到底想干什么。"

"那个身材高大、人也凶狠、名字叫艾伯杜拉·克汗的开口说道：'先生，听好了！如今只有两条路让你自己选：第一和我们大家一起干，第二就是死。因为这是一件大事儿，咱们谁也不能迟疑。要不你真心真意地向上帝

发誓和我们一起干到结束；要不我们今天晚上就将你的尸首丢到河里，然后渡过河投靠我们的叛军兄弟去，另外，再也没有别的路可以选择了。生和死，你到底选哪一条？我们只给你三分钟的时间，仔细想一想，由于时间太紧，我们一定得在巡逻兵再次到来以前把一切都完成。'"

"我说道：'你们还没有告诉我到底是干什么事儿，要是你们所做的事儿对古堡的安全不利，我绝对不会参加的。你们索性杀了我吧，我不害怕！'"

"他说：'这件事儿和古堡没有任何关系，我们让你干的这件事，和你们英国人去印度的目的是相同的——我们让你发大财。要是你今天晚上和我们好好合作，我们就用这把刀向你庄重地发誓：将获得的财宝公正合理地分你一部分，也就是给你财宝的四分之一，不会再有比这个还要公正的方法了。我们锡克教教徒是绝不会违反自己的诺言的。'"

"我又问：'什么财宝呀？我想和你们一起发财，但是你们必须告诉我，我应该怎么做呀？'"

"他说：'那么你发誓，用你父亲的健康、你母亲的名声及你的宗教信仰发誓，从今以后绝不干有害于我们大伙儿的事儿，不讲有害于我们大伙儿的话。'"

"我回答说：'只要不危及古堡的安全，我甘愿这么发誓。'"

"'那好，我的伙伴和我一起发誓：你将获得财宝的四分之一，也就是说，我们四人，每个人都平均得到一份。'"

"我不明白，就问：'我们这不是三人吗？'"

"'不，我们一共有四个人，多斯特·艾克巴也有一份。在等待他时，我们会把一切都告诉你。莫霍曼特·辛格，请你在大门口看守着，等他们到来的时候告诉我们。先生，事情是这么回事儿，我知道欧洲人很讲信用，因此我们相信你。你假如是一个喜欢撒谎的印度人，不管你怎么起誓，我这把刀上早已经沾满了你的鲜血，你的尸体也已经被丢进了河中。可是，锡克族人知道英国人，英国人也知道锡克族人。那么仔细听我讲吧。'"

"'我们印度的北方有一个酋长，他的领土尽管很少，但家产却很多，他的家产有一部分是他的父亲传给他的，另外一部分是他自己积攒起来的，他非常小气，并且是个守财奴。叛乱发生以后，他既没有得罪叛军，也没有反抗白人，他一边赞成叛军抵抗白人，因为他所听见的全都是白种人遭到杀害的事情，一边又担心万一有朝一日白种人获胜，自己肯定会遭遇不测。他是一个聪明人，经过反复思考，他想出了一个好主意：他将自己全部家产共分成两部分，只要是金银钱币都放在自己宫里的保险箱中，而将最昂贵的钻石和最宝贵的珠宝都放到另一个铁皮箱子里，让一个亲信装扮成商人，把这个铁皮箱子带到阿格拉古堡里隐藏起来，当叛乱平息的时候再去拿。假如叛军取胜了，他就保全了自己的钻石珠宝，假如白种人取胜了，金钱虽然丢失了，但他却依然保住了自己的钻石珍珠。他把财产放好以后就加入了叛军的行列——因为他那儿的叛军的实力强大。依据他所做的事情，先生你试着想一想，他的财产是否应当归一直效忠于一方的人所有。'"

"'这个被派出去的假冒商人化名为阿奇麦特，如今在阿格拉城里，打算混入这个城堡。他的伙伴是我的同胞兄弟多斯特·艾克巴，他知道这件事儿。多斯特·艾克巴已经说好他今天晚上把那个人领到我们看守的这个堡门来，他很快就要到来了。他知道我同莫霍曼特·辛格在这里等着他。这里很安静而且偏僻，谁都不会知道他来过这里。从此以后这个世上再也不可能有一个名叫阿奇麦特的假商人了，而酋长的财产也即将归我们四个人所有了，先生，你觉得怎样？'"

"在我的故乡伍斯特郡，是很看重人的生命的，可是在这刀光剑影、尸首遍地的地方，生命也就算不了什么了。这位商人阿奇麦特的生和死，那时对于我来讲无关紧要，而那大宗珠宝却深深地打动了我。我想到当乡亲们看见我这个无所事事、行为不检的人竟然拿着满袋子的珠宝还乡，会怎样地睁大眼睛望着我的时候。我已经决定了，和他们合伙干。艾伯杜拉·克汗认为我依然在迟疑，他又动员了我几句。"

"他说：'先生，您想一想，假如此人被指挥官逮到，一定会被杀死，并且把宝物交公，谁都别想得到一分钱。而如今他既然落入咱们的手里，咱们为什么不将他给干掉，然后把财产分了呢？财产归咱们所有和充公还不都是一回事儿吗。这些财产足能使我们变成富翁，并且是大富翁，咱们这儿离其他的岗哨那么远，别人不会知道这件事儿的，您想想还有什么办法比这还要好的呢？先生，请再表个态吧，是和我们一起干呢，还是坚决让我们视您为敌人？'"

"'我的心和灵魂都将永远和你们在一起。'"

"他把枪递给我，轻声说道：'好极了，我们信任您，您即将和我们一

样遵守自己的诺言，我们如今只需要等我的那位兄弟和那个商人啦。'"

　　"我问他：'那么你的兄弟知道这个计划吗？'"

　　"'他是计划的主谋，这一切都是他一人的主意，咱们现在出去和莫霍曼特·辛格一块儿站岗等人吧。'"

　　"那个季节恰好雨季刚开始，天依然在不住地下着小雨，黑压压的乌云在天空中团团而过。夜色阴暗，几步以外就什么都看不清楚了。我们的洞门前面是一个大城壕，壕中没有水，很轻易就能走过来。和两个旁遮普人站在一块和等一个来这里送命的人，我实际上感到很紧张。"

　　"忽然，我看到城壕的对面有灯光在闪烁，它先是在小山包后面不见了，过了一会儿又出现了，并缓缓地朝我们这边走来。"

　　"我叫喊道：'他们到啦！'"

　　"艾伯杜拉低声命令我说：'先生，请您像平常一样向他审问。可是不要威胁他。然后再让我们把他带到门里去，你在门外看守着，剩下的事儿我们来做。把灯拿好，免得看错了人。'"

　　"那灯光迷蒙蒙的，一会儿停下，一会儿前进，直至灯光走近城壕的对岸我才看清楚了那是两个黑色的影子。当他们跳下城壕，蹚过积水，爬到岸上来，我才轻声问道：'来者何人？'"

　　"他们说道：'是朋友。'我把灯举起来向他们照了一下，走在最前边的那个人个子很高，是个印度人，满脸的黑胡子长得差不多耷拉到了腰间，除去在舞台上面，我有生以来还从来没有见过他这样高大的人。另外那个人非常矮，胖得像个圆球，围着大黄包头巾，手中提着拿围巾包着的包袱。他好像害怕得浑身发颤，特别是他的双手，哆嗦得很厉害，好像患了疟疾一样。他不断地东张西望，一双小眼睛闪烁着光芒，好像一只刚刚爬出洞的小老鼠一样，我一想到他很快就要被杀死了，的确有点儿舍不得。但是当我一想起那批财宝，我就无情地取消了这个想法，当他看到我是白种人的时候，不由得欢喜不已，跌跌撞撞地朝我奔来。"

　　"他气喘吁吁地说道：'先生，请您保护我，请您保护遇难的商人阿奇麦特。我是由拉吉普塔那里来阿格拉古堡逃难的。因为我是你们部队的朋友，我曾经遭到劫掠、鞭打和欺负。如今我和我的一切终于又安全了，多谢上帝。'"

"我问他：'包里裹的是什么？'"

"他回答说：'一个铁皮箱子，里边放着几件祖传之物，别人拿走值不了几个钱，可是我不舍得扔掉。但是，我不是很穷，假如您的长官能准许我在这儿躲难的话，我肯定会对您——年轻的先生，还有您的长官也会有重谢的。'"

"当时，我的心已经软下来了。我越看他那害怕的小圆脸，就越不忍心杀掉他。"

"我就吩咐道：'把他带到护卫中心去。'两名印度兵站在他两边押着他进了黑乎乎的门道，那个大个子紧跟在他们后面。我从来都没有看到过像这样四面被夹击、难逃一死的人。我拿着灯一个人待在门外。"

"我能听得到鸦雀无声的走廊里他们行走的脚步声。忽然，这种声音没有了，紧接着就是搏斗厮打的响声。过了片刻，突然有个人气喘吁吁地朝我跑来，让我十分惊讶。我高举起灯回过身向南道一望，我的天哪，那个胖乎乎的商人，满脸都是鲜血，正飞一般地朝我这边跑来。那个满脸都是黑长胡子的高个子印度人，手里持着大刀，仿佛一只野兽一样紧追不放。我从来没有看到过一名像这个小商人奔跑得那么快的人。眼睁睁地看着那个印度人追赶不上他。我知道，只要他能跑过我身边跑到洞门外面，他就获救了。我原本已经动了同情之心，打算救他，可是一想起那些财宝，就又打消了那种念头。等他刚跑过来，我就把手枪朝他的两条腿之间横着射了过去，仿佛打中兔子似的，他立刻倒在地上打了两个滚儿。不待他再次站起来，那个高个子印度兵已经冲了上去，在他的肋部砍了两刀。他既没有反抗，也没有哼哼，就躺在地上一动也不动了。我感觉他可能在摔倒时就已经死去了。先生们，听到了吗，我遵守了自己的誓言。不管事实对我来说究竟是有利还是有害，我都毫不隐瞒地照实说了。"

说到这儿，他不再说话了，伸出戴着手铐的双手接过了福尔摩斯先生为他倒的掺水威士忌酒。我心里思忖道，从他那冷酷无情的所作所为，还有他讲述那个骇人听闻故事的时候毫无表情的模样，能够想象得出他是一个多么

注释 思忖（cǔn）：思量。

残酷和凶狠的家伙。不管他遭到什么样的惩罚，他甭想获得我的丝毫怜悯之心。夏洛克·福尔摩斯同琼斯两只手都放在膝盖上，坐在那儿饶有兴趣地倾听着他的讲述，可是两个人的脸上都带着讨厌和敌视的表情。斯莫尔可能已经意识到了，因为在他接着说下去时，他的话音和神态中都带着一种抵触的情绪。

他说："毋庸置疑，所有的一切都坏透了，但是我反而想了解一下，到底有多少人处于我这样的位置，在用刀顶着喉咙时，宁愿被杀死也不要那批财宝。当他一走进城堡，我和他就形成了两人当中肯定有一人死的关系。因为，假如他逃离了古堡，这一切就会败露，我肯定会受到军事审讯而被处以死刑。在那种异乎寻常的形势下，判刑是绝不会留情面的。"

福尔摩斯建议道："还是继续说正经事吧！"

"那好吧。艾伯杜拉和艾克巴还有我，三个人一起把尸体搬到了里面。他个子尽管很矮，可是真够沉的。莫霍曼特·辛格待在那里放哨，我们将他抬到早已经给他找好的地方。这个地方离堡门很远，我们穿过一条弯弯曲曲的甬道直接来到一间空荡荡的宽阔的大厅里，大厅里的砖墙已经全都破烂不堪了，正好地上有一个大坑，好像一个自然形成的坟墓，我们将商人阿奇麦特的尸首放了进去，用碎砖块掩埋好。收拾完以后，我们就都返回去开始瞧宝箱。

"那个铁皮箱子依然在阿奇麦特起初摔倒的地方搁着，这个铁皮箱子如今就摆在你们的桌子上，钥匙用一根丝线拴在箱子盖上面那个雕刻着佛像的提手上。我们迫不及待地打开宝箱，箱子里的珍宝在灯光的映照下闪烁着刺眼的光芒，正像我小时候在老家的时候在故事中看到的和我那时想象的情形完全一样。这么多珠宝的确是让人眼花缭乱。看够了以后，我们把珠宝数了一遍，并写出了一张单子，箱子里有一百四十三颗上好的钻石，包括一颗名字叫'莫卧儿大帝'的钻石，听说这是世上如今存有的第二颗大钻石，以及九十七块翡翠，红宝石一百七十块；四十块红玉、二百一十块青玉、六十一块玛瑙，还有很多的猫眼石、土耳其玉、绿玉、纹玛瑙和我那时叫不上名字的别的宝石。除去这些之外，还有大概三百颗滴溜圆的珍珠，当中有十二颗镶嵌在一条金项链上。顺便说一下，从樱沼别墅带回宝箱的时候，经过查看，其他的都还在里面，就只少那条项链。"

"查看完以后，我们又将这些珠宝放到箱子里，拿到堡门外面让莫霍曼特·辛格瞧了瞧。我们又一次庄严地起誓：要永远保守这个秘密，绝不透露给别人，我们都同意先把宝箱藏起来，当动乱过去以后再拿出来平分这些宝物。而且，那时就将赃物私分了也不好，因为珠宝价格太昂贵，带在身上万一被别人发现了，会招惹他人的怀疑，何况我们的处所也没有隐藏的地方能够保存它们。于是，我们又把宝箱移到了我们埋葬尸体的地方，从比较完好的一堵墙上拿下几块砖，弄出一个大洞来，把宝箱藏进去，然后再把砖重新放回原处。我们仔细地记录下了藏宝的位置。第二天，我画了四张藏宝图，每个人各拿一张，在图的下面都写了我们四个人的姓名，因为我们曾经发誓我们的一言一行都代表我们四个人的共同利益，因此，谁都不准私吞这一宗财物。我敢向天起誓，我从来没有违反过这一诺言。

　　行啦，接下来印度的叛乱结果怎样，不必我来向各位先生讲述了。在威尔逊占据了德里，考林爵士占领了拉克瑞之后，叛乱就平息了。新的军队都来到了，叛酋拉纳·萨希伯逃离了印度，率领着一支快速突击队到达了阿格拉，将阿格拉的叛军全部消灭了。全国好像已经恢复了安定的状态。我们四个人打算尽快分开财宝，然后跑得远远的。但是刹那间，我们的计划都泡汤了，我们被逮捕了，罪名是杀死了阿奇麦特。

　　事情是这么回事：那个酋长由于相信阿奇麦特，才将财宝交给了他。但是，他的酋长疑心太重，于是他又另派了一个心腹如同间谍一般盯着阿奇麦特，暗暗监督阿奇麦特的一举一动。酋长叮嘱他：要牢牢地盯着阿奇麦特。那天晚上他在后边暗地里紧跟着阿奇麦特，他看到阿奇麦特走进了堡门，他觉得阿奇麦特在城堡里已经一切顺利了，因此第二天他就想法走进了城堡。但是他在城堡里无论如何也看不见阿奇麦特的影子，他感到事情有点儿奇怪，于是他就和守护的班长说了这件事儿，班长就把这件事儿汇报给了司令官。所以在整个城堡里立即展开了一次仔细的搜寻，不久就找到了阿奇麦特的尸首。当我们还自认为相安无事时，就被以杀人罪拘捕了——三个人是那晚上的看门人，另外一个是死者的伙伴。在审判当中没有谈到财宝的事情，因为那个酋长已废除，而且被赶出了印度，因此，已经没有什么人再格外关心这件事儿了。可是，杀人的证据已经确凿，法庭审判结果是我们四个人都是杀人凶手。三个印度人被判终身囚禁，而我则被判死刑，但是后来我又被改

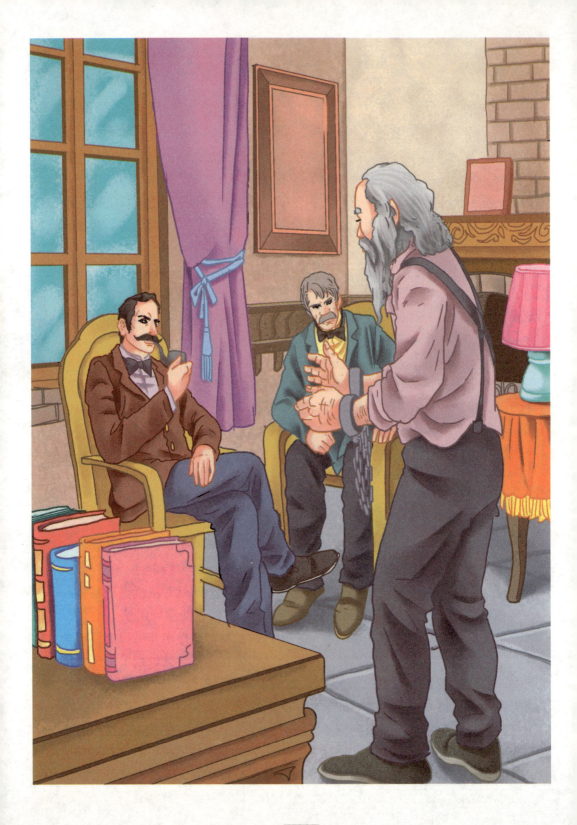

成了终身囚禁。

我们感觉我们的境地很奇怪。四人都被判处了死刑，想必这一生再也很难有得到自由的时候了，与此同时，我们四个人又一起严守着一个秘密，假如我们能把那一大批财宝派上用场，那么我们就会立即变成大富翁，尽情享受了。最使人无法忍受的是：明明知道大批的财物在外面等待着我们使用，但是依然要在这里为了吃一些粗糙的米、喝一口冰凉的水而忍受狱卒的肆意欺辱。这样的生活简直快把我给逼得发疯啦。值得庆幸的是我天生固执，因此还能忍受，慢慢地等机会。

最后，我终于等来了机会。我从阿格拉被押送到马德拉斯，后来又从马德拉斯转到了安达曼群岛上的布莱尔岛。由于小岛上白人罪犯很少，而且起初我就表现很好，很快我就得到了特别的照顾。在哈丽特山脚下的好望镇上，我得到了一间属于自己的小草屋，非常舒服。那个岛上的环境特别差，热病广泛流行，我们附近就是喜欢吃人的生番居住的地方，生番们只要抓住时机就会对我们喷射毒刺。我们在那儿从早到晚忙着开荒、挖掘沟和栽种番薯以及很多别的活儿，直至夜幕降临我们才有点儿空闲时间。在那儿我学会了给外科医师调剂配药，并且学到了一些有关外科的技术。我每时每刻都在寻找逃走的机会，但是这儿离随便哪一个陆地都有几百英里之遥，并且那儿的海面几乎没有什么风浪，因此，要想逃跑是很难的。

外科医师萨默顿是个天生喜欢嫖赌的纨绔子弟。那些驻军的青年军官夜晚经常去他家里一起打牌赌博。我常常调配药剂的药房和他的客厅只隔着一堵墙，两个房间之间开着一个很小的窗子。在手术室中，假如感觉孤独，我经常会将手术室里的灯熄灭，站在那个小小的窗子跟前，倾听他们交谈或者观看他们打牌。我自己原本就喜欢打牌，因此在一边观看像自己在打牌一样愉快，他们经常在一块儿玩的有土著部队的指挥官舒尔脱少校、摩斯坦上尉和布罗姆利·布朗中尉，当然了，还有这个作为外科医生的房主，除此以外还有两三名监狱守官，这几位官员是打牌高手，打牌技巧很高。他们几个人凑在一起，打起来不分昼夜。

然而，有一个情况很快就被我发现了：每回打牌，军官们总是输，而那几名监狱守官一直赢。我得说明一下，我可并非说他们合起伙儿来作弊，只不过是因为监狱守官自从转到安达曼群岛以后，每天游手好闲，就用打牌来打发时光。日子一长，他们打牌的技巧就高了，牌也打得熟练了。而那几个军官牌技太差，因此每次赌钱肯定输，而他们越输越急躁，下注就越大，为此，军官们的钱袋就日益窘迫，其中，输得最多要数舒尔脱少校了。刚开始他输的时候还是拿金币来付，到后来，钱都慢慢地输没了，他就不得不用期票来赌。他有时略微赢一点儿，就又放开胆量，最后就输得越来越多，致使弄得自己一天到晚愁容满面，喝得大醉，借此消愁。

那天晚上他输得比平常还要多。当他跟摩斯坦上尉无精打采地回到驻地的时候，我正在自己的小草屋里坐着。他们两个有很多一样的坏习惯，平常总是在一起，这个少校还在咕哝着说自己的赌运太差。

路过我的小草屋的时候，他就对上尉说：'摩斯坦，这下全完蛋了！我该怎么办呢？我必须离职，我即将成穷光蛋了。'

上尉亲切地拍了拍他的肩膀说：'老兄，不要胡说八道了，没什么大不了的，比这还要糟糕的事儿我都遇到过，可是……'我只听见了这些话，然而这些就已经够我动脑筋思索的了。

两天以后，舒尔脱少校正在海岸上独自漫步，我乘机走上前去和他说话：'少校，我有件事儿想请示您。'

他把嘴中叼着的雪茄烟拿下来，问道：'斯莫尔，有什么事儿呀？'

'先生，我想请示您，假如有藏着的财宝，应该交给什么人最好呢？我知道有一个地方埋藏着五十万镑的珠宝，既然我自己无法取用，我认为最好还是将它交给政府，没准儿他们会为此而给我减几年刑呢。'

他倒吸了一口凉气，死死地看着我，瞧瞧我是不是在撒谎，过了一会儿问道：'斯莫尔，真的值五十万镑？'

'没错，先生，价值五十万镑上等的珠宝，什么时候想要都能拿到，珠宝原来的主人已经被驱逐，行动快的人就能拿到。'

他支支吾吾地说：'斯莫尔，应该交给政府，应该交给政府。'他的语气很犹豫。我心里很清楚，他已经掉进了我的陷阱里。

我低声问道：'那么，先生，您觉得我应当把这件事儿上报给总督吗？'

'别着急，斯莫尔，你先不要着急，否则你会懊悔的。你就先把所有的实情都对我讲讲吧。'

于是我就把所有的情况都告诉了他，只不过是在有些地方有一点儿微小的改动，避免透露出藏宝之处。我讲述完以后，他目光呆滞地站在那儿，深思了很久。从他那颤抖的双唇能够看出，他的心里正在进行着一场剧烈的斗争。

　　过了一段时间，他对我说道：'斯莫尔，这是一件大事儿，你先不要告诉其他人，让我考虑考虑再告诉你应该怎么做。'

　　两天以后，他和他的好友摩斯坦上尉半夜里拿着灯来到了我的小草屋里。

　　他对我说：'斯莫尔，我想让你亲自把那天你对我说的事儿照原样给摩斯坦上尉讲讲。'

　　于是我又按照先前的话讲述了一遍。

　　舒尔脱少校说：'听起来很像是真事儿，是不是？这有干头吗？'

　　摩斯坦上尉点了一下头，表示赞成。

　　少校说：'斯莫尔，实话告诉你吧，我和我的这个好友将你的这件事儿考虑了一下，我们都觉得你这个秘密是你个人的事儿，到底是一件有关你自己的事情，和政府没有关系，因此，你有权利自己做出自以为处理财宝的最佳之策。眼下最主要的问题是你要用什么来当作处理筹码？假如我们能达成共识，我们可能会乐意替你处理，起码可以替你调查调查。'他讲这番话的时候竭力表现出冷漠，对这件事儿漠不关心的神情，可是他的眼睛中分明流露出高兴和贪得无厌的神情。

　　我也故意装出一副冷漠的模样，可是内心却充满快乐地回答说：'先生们，说条件，像处于我这种地位的人只有一个小小的条件，那便是我但愿你们可以帮助我和我的三位好友离开这里，然后我们允许你们加入，用五分之一的财物当作对你们二人的报酬。'

　　他不以为然地说：'哼！五分之一。太少了。'

　　我轻声说：'计算起来你们每个人可以得到五万镑呢。'

　　"最重要的问题是我们怎么做才能让你们离开这里呢？你很清楚，你所说的条件我们是做不到的。"

　　我回答说：'这很容易。我已经仔细地考虑过了。唯一的难题就是我们很难找到一条适合做长途航行的船只和充足的粮食。在加尔各答或者马德拉

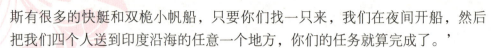

斯有很多的快艇和双桅小帆船，只要你们找一只来，我们在夜间开船，然后把我们四个人送到印度沿海的任意一个地方，你们的任务就算完成了。'

他面带难色地说：'如果只有你一人还好说。'

我回答说：'少一个人都不成。我们四个人已经发过誓：四人永远在一起。'

他说：'摩斯坦，你看看，斯莫尔是一个守信用的人。他对朋友很忠诚。我觉得我们完全能够信任他。'

摩斯坦回答说：'这是一笔违法的买卖。但是，正像你所讲的，这些钱的确可以帮上我们的忙。'

少校说道：'那好吧，斯莫尔，我们答应你的条件。但是，我们得先证实一下，看一看你所讲的是不是真的。请把藏宝之处告诉我们，等轮船开来时，我请次假到印度去一趟，证实一下这件事儿。'

他越急迫，我就越漫不经心地说：'先不要着急，我得先听听那三个人的看法，我已经告诉过你们，我们四人里面只要有一人不赞成，这件事儿就办不了。'

他插话说：'瞎说！我们的协议和那三个黑鬼有什么关系？'

我说：'黑鬼也好，白人也罢，我和他们提前有约定，必须都赞成才能做。'

于是过了些日子有了第二回会面，在莫霍曼特·辛格、艾伯杜拉·克汗及多斯特·艾克巴在这里的情形下，经过再次商议，两方最后都达成了共识。这么定的：我们将阿格拉堡的藏宝图送给这两名军人一人一张，在地图上标明藏宝的具体地方，好让舒尔脱少校到印度去时进行证实，假如他找着了财宝，他先别动，一定得立刻弄一只小快艇，装上充足的粮食，到罗特兰岛来接我们，那时，舒尔脱少校应该立刻回营请假，而让摩斯坦上尉请假到阿格拉去和我们接头，平均分配财宝，并且由摩斯坦上尉替少校取他们两人应该得到的那一份。这所有的事情我们都一起发了最庄严的誓——所有能够想到的或者所能够说出口的诺言——发誓一起信守，永不失言，我挑灯夜战，画了两份藏宝图，在每一张藏宝图上都写上了四个人的姓名：艾伯杜拉、艾克巴、莫霍曼特还有我自己的姓名。

好了，各位先生们，我这长篇大论肯定让各位听烦了吧。我想，我的朋友琼斯长官正迫不及待地要将我押到拘留所去，那样他才能放心。那我就长话短说吧。这个坏家伙舒尔脱去印度以后就再也没有回来。很快，摩斯坦上尉让我看了一张由印度驶往英国的邮船的乘客名单，果不其然，上面就有舒尔脱的姓名。除此之外，还得知他的伯父去世了，为他遗留下了很多财产，因此他退伍回乡了。他真是太无耻了，他不但骗了我们四个人，竟然把五个人一块儿都欺骗了。很快，摩斯坦到阿格拉去了一趟，果然正如我们想的那样，财宝消失了。这个坏蛋没有遵守我们透露秘密的诺言，居然把宝物全都拿走了。从那个时候开始，我就只为报仇而生存，时时刻刻都想着。我几乎快气疯了，不顾生死，心里只有一个想法——逃走，追踪舒尔脱，并且把他杀死，这是我仅有的一个愿望。甚至阿格拉财物在我心里的分量也赶不上杀死舒尔脱的分量重了。

我一辈子里曾经许下了很多的愿望，从来没有落空。但是在等待机会的时间里，我却经历了各种各样的折磨。我对你们说过，我学会了一些医学上的常识。有一天，萨默顿医生由于发高烧躺在床上，有一名安达曼群岛上的小生番由于病得很厉害，在森林里找到一个很安静的地方等着死神降临的时候，被在那儿干活儿的罪犯捡了回来。我尽管知道生番天生凶狠，可是我仍然细心地照料了他好几个月，他慢慢地好了起来，而且能走路了。此时他对我也产生了感情，也就不太愿意返回森林去了，整天就待在我的小草屋子里。我和他学习了一些他们那里的土语，这就更让他尊敬我了。

他名叫童格，是一个好船役，而且有一艘很大的独木舟。自从我意识到他对我的忠心和情愿为我付出一切的时候，我知道我逃走的时机来临了。我将我的想法对他说了一遍，并且让他在一天夜晚把船驶到一个没有人的码头上，接我登船。还让他找来几葫芦水，很多芋头、椰子和甜薯。

这个小童格的确很忠实、靠得住，世界上再也找不到比他还要忠实的朋友了。那晚他真的把船驶到了一个无人看守的码头上。事也太巧了，一个平时总爱欺负、侮辱我，而我又总想找机会对他实施报复的可恨的狱卒恰好在那儿。我每时每刻都想着报复，如今机会来了，好像上帝故意这样安排一样，叫我在离开小岛以前把这笔账给算清楚了。他肩膀上挎着卡宾枪，背向我站在河岸边，我想找一块石头打烂他的头，但是怎么也找不着。

最后我计上心头，想到了一个很好的武器。我在黑黢黢的夜里坐下来，弄下我那条假腿握在手里，猛地敲了三下，来到他面前。拿木头腿使劲朝他砸过去，他的前脑骨被砸得成了碎末。请各位瞧瞧，我这条木腿上面的那道裂痕就是砸他的时候留下的。因为一条腿支撑不住我，我和他两个人一起跌倒了，当我再次站起来的时候，我发现他已经纹丝不动地躺在地上了。我登上小舟，一个钟头以后就驶离了海岸。童格把他的所有物品，连他的打斗武器和神像全都搬到了小舟上。除此之外，他还有一个竹子制作的长矛以及几张用安达曼树叶织成的席子。我把这根矛当成船桨，把席子当成船帆，就这样，我们在大海上借着点滴风力随意地漂流了十天。到了第十一天，一只从新加坡开往吉达的商船搭救了我们，那只船上全是马来西亚人，他们是去朝圣的。虽然船上人们的行为举动我过去从来没有见过也没有听说过，可是不久，我和童格就和他们彼此很熟悉了。他们有一个十分好的特点：能叫你安安静静地独自一人待着，不对你提出任何一个问题。

如果我将我和我那小同伴的航海历程都对你们讲一遍，也许等到第二天都讲不完，你们也不想听。我们在这个世上四处漂泊流浪，但无论如何也到不了伦敦，而我每时每刻都在想着报仇。夜深人静的时候，我会做梦梦到舒尔脱，在梦里我已经杀了他很多次了。但是后来，那是在三四年以前，我们总算来到了英格兰。到达以后，轻而易举地就找着了舒尔脱的地址。于是我又想方设法打听，看看他是不是真的拿走了那些财宝，财宝是不是依然在他的手里。我和那位帮我忙的人成了好朋友——那个人的姓名我是绝不会告诉你们的，避免连累他。很快，我就获悉财宝依然在舒尔脱的手里。我想尽了所有的办法去报仇，但是他很谨慎，他身旁除去两个儿子和一位印度仆人以外，还有两名职业拳击手每时每刻保护着他。

有一天，据说他病危了、在世上的日子不多了。就这样叫他死去，简直太便宜他了，我不死心。于是，我立刻闯到他的花园中，从窗子上向屋里瞧，我看到他正躺在床上，他的两个儿子分别站在床的两侧。那个时候，我真恨不得跑进去和他们爷仨进行一场殊死决斗，正在这时，我看到他的头已

注释 黑黢（qū）黢：形容十分黑暗的地方。

经耷拉了下去，我知道他已经死了，闯进去也没用。那天晚上，我悄悄地跑到了他的房间里，把每一个角落都搜了一遍，想从他的文件中找到他藏财宝的位置，但是仍然一无所获，我盛怒之下，在离开房间以前，把和藏宝图上一模一样的四个签名放在他的胸口上。如果今后能看到我的那三个朋友，我会对他们说我曾经留下了报仇的信物，这么做对他们来说或多或少也是一个慰藉。在埋他以前，被他掠劫和蒙骗的人应当留下一点儿标记，不能让他太舒服了。

　　从此以后，我把童格当成吃人的野人，带到集市上或者像这样的一些地方进行表演，借此来谋生。他把生肉一口吞下去、会跳生番的舞蹈，因此，每天我们都能挣到那么整整一帽子的硬币。我也经常听说关于樱沼别墅的情况。接连好几年，除去他们依然在搜寻财宝的消息以外，再也没有别的什么特殊的消息了。直至最后，我盼望已久的消息终于来了——财宝找着了，财宝放在巴索洛谬·舒尔脱先生化学实验室的屋顶的暗室里。我立即跑到那儿侦察地形。可是，我带着这条木头腿是很难爬到屋顶上去的。后来我得知房顶上有一个暗门，并摸清了舒尔脱先生用晚餐的时间。我忽然想起，这件事儿让童格帮忙，我就可以很容易成功。我带了一根长长的绳索，带着童格一起到了樱沼别墅。我把绳子牢牢地拴在他的腰间。他爬屋好像猫一样快速灵巧。不一会儿，他就从房顶上进到了屋子里。但是，可怜的小舒尔脱那个时候仍然在房间里，所以被杀死了。在把他杀了以后，童格自认为他做了一件很明智的事情，因为在我顺着绳爬到房间里的时候，他正在房间里高傲得如同孔雀一般来来回回地踱着脚步。直至我拿起绳子的一头朝他打去，并且骂他是一个狠毒的吸血鬼时，他居然感到很吃惊。我把财宝从阁楼上取下来以后，在那张桌子上面放了一张有四个签名的纸条，表明财宝总算回到了原来的主人手里。然后，我就先用绳子将宝箱放下去，接着自己也沿着绳子滑了下去，童格将绳子收起来，把窗子关好，依然从原路下来了。"

　　"我认为我要说的就只有这些了。我听一位船役说，史密斯的那只'曙光'号是一艘速度惊人的艇，因此我想那就是我们逃跑的最好的工具。我和老史密斯谈好条件，雇佣他那艘船，说明假如他能把我们两人顺利地送到大船上，就付给他很多报酬。毋庸置疑，他知道这里头有点儿奇怪，可是，他的确不知道我们这个秘密。所有的一切，每一个字、每一句话都是真的。各位先生，我讲这一切并非想为自己开脱，况且你们并没有很好地对待我。只是我深信讲出真相是最有说服力的辩解。我要叫世界上的人都知道舒尔脱少校过去是怎样背信弃义骗了我们，而他儿子的死，是不能怪我的。"

夏洛克·福尔摩斯意味深长地说："你讲的故事真有趣。一件人人都关心的案件终于有了一个适当的结局。你所讲的最后一部分，除去那根绳索是由你带来的这一点我不知道以外，剩下的都和我的推断一模一样。随便问一句，我原本认为童格已经把他的毒刺全部丢失了，为什么后来他在船上面又对我们喷射了一根呢？"

"先生，他的毒刺的确都丢失了，只不过是在他的吹管里还留着一根。"

福尔摩斯说："啊，原来这样，我没有料到这点。"

这名罪犯热情地问道："各位先生还有什么问题吗？"

我的伙伴回答说："我没有了，多谢。"

埃塞尔尼·琼斯说："行啦，福尔摩斯，你已经获得满足了。我们大家都尊敬您是一位出色的犯罪鉴定家，今天为了您以及您的朋友，我已经很宽容了。只有将这个讲故事的人押到监狱里以后，我才能放心，我必须公事公办。马车还在外边等着，两名警长还在楼下面呢，对于你们二人的大力协助，感激不尽。当然了，开庭审判时还请二位出庭去做证。晚安。"

乔纳森·斯莫尔也站起身来告别说："祝二位晚安。"

小心翼翼的琼斯在出门时说道："斯莫尔，你在前边走。无论你在安达曼群岛上是怎么惩治那个人的，我可得格外当心，不能叫你拿木头腿砸我。"

等他们离开以后，我和福尔摩斯吸着烟，默默地坐了片刻，我开口说道："这就是咱们这场小戏剧的结果了。可能今后我和你学习的时候不多了，我已经和摩斯坦小姐订婚了。"

他非常阴郁地哼了一声，叹息道："我早已经想到了，原谅我无法向你道喜。"

我有点儿不高兴。

于是问道："难道你对我的决定有什么不满之处吗？"

"丝毫没有。我觉得她是我有生以来所见过的姑娘当中最善良的一位，而且很有利于我们这一行的工作。她很有逻辑判断方面的天赋，只从她在她父亲的那些文件里找到那张硕果仅存的藏宝图这一点来看，足以证明了。只不过爱情是一种感情上的事儿，可我觉得是最主要的没有感情的推断，早晚要发生矛盾，所以我将永远都不谈恋爱、永远不会结婚，避免妨碍我的推断力。"

"我的推断力能够经受得起感情的严酷考验。看起来你是太疲惫了。"

"没错，我也有这样的感觉。我恐怕一个星期都恢复不过来。"

"奇怪，我认为懒得出奇的人为什么也会时而表现得超常勤劳呢？"

他回答说："是啊，我天生是一个懒得出奇的人，可是同时又是个朝气蓬勃的人。我经常记起歌德的名言：'上帝把你创造成人的外形以后，究竟是金玉还是糟糠全看你自己了。'顺便说一下上诺伍德的案件，正像我起初就怀疑的那样，他们在樱沼别墅中应当有一个内线，如今知道了就是那个印度仆人赖尔·拉奥。因此事实上琼斯已经在他的那张宽大的网里捉到了一条鱼，这应该算是琼斯的个人功劳了。"

我有些为福尔摩斯不平了，整个案件的工作都是他干的。可是，我得到了妻子，琼斯获得了荣誉，福尔摩斯却什么也没有得到。

夏洛克·福尔摩斯自己却不在乎地说："我，为我剩下了这瓶可卡因。"一边说着，他已经伸出他那修长而洁白的手去抓那个药瓶了。

注释 糟糠（zāo kāng）：比喻废弃无用之物。

思考 斯莫尔的腿是怎么折的？

巴斯克维尔的猎犬（四章）

第一章　夏洛克·福尔摩斯先生

名师导读 Teacher Reading

　　由一根精雕细刻而又沉甸甸的手杖，我和福尔摩斯开始展开讨论，我们都认定这是个乡村医生。讨论间，手杖真正的主人来了，替我们揭开了谜底，但接下来又会发生什么呢？

　　夏洛克·福尔摩斯先生最近一直在通宵苦熬，并由此引发起得很晚。这时他正坐在桌子旁吃早饭。在壁炉跟前的小地毯上，留有一根昨晚登门拜访的客人忘拿的手杖。这是根精雕细刻而又沉甸甸的手杖，把手上有一个圆润的树瘤，这样的木料产于槟榔屿，名字是槟榔子木。和把手紧挨着的下边是一圈非常宽的银质框箍，宽度大约为一英寸。上面刻着"皇家医学院外科学士杰姆士·摩梯末留念，C.C.H.的好友们敬赠"，下面还刻着日期

注释　树瘤：树干受伤后因生理或病理的作用而形成的瘤状物。
　　　　箍（gū）：用篾或金属条等围束器物。

"一八八四年"。这只是一根落伍守旧的私家医生经常使用的那种庄严、坚韧和实用的手杖。

"啊，华生，你对它有什么想法呢？"

福尔摩斯坐在那儿，背对着我，我还以为我拿着手杖在那儿摆弄的事情根本就没有让他发觉呢。

"你是怎么知道我在做什么的？我想你的脑后肯定长着一双眼睛吧。"

"起码我面前摆着一个光亮的银质咖啡壶。"他说，"但是，华生，对我说一下，你对我们这位前来拜访者的手杖抱着什么样的想法呢？很不凑巧，我们没有当面碰见他，对于他到这儿来的意图什么都不知道，所以，这件突然得到的纪念品就变得格外重要了。你已经认真查看了这根手杖，现在请把此人给我描述一下吧。"

"我觉得，"我尽可能地沿袭着我这位朋友平素常用的推论法说，"我觉得，摩梯末医生是一个有着很大成就、深孚众望的医学界前辈，因为这根手杖说明了他的同事们对他的尊敬和崇拜。"

"妙论！"福尔摩斯说，"无懈可击！"

"我还觉得，他极有可能是位在乡村行医的医生，出诊的时候总是徒步行走的。"

"何以见得？"

"因为这根手杖本来非常精致，但是，现在已经到处都是磕碰之痕，难以想象哪位在城里行医的医生还愿意拿着它。底部的铁质包头早就被磨得相当厉害了，所以，很明显，他曾经拿着它走了不少路。"

"一点儿不错！"福尔摩斯说。

"此外，那上边刻有'C.C.H.的好友们'，我觉得，这可能是一个猎人会；他过去大概给本地的这个猎人会的会员们疗过伤，所以，为了表示感激，他们送给了他这根手杖。"

"华生，你的进步真是日新月异啊，"福尔摩斯一边说话，一边把椅子往后挪了挪，同时点燃了一根香烟，"我不得不说，在你热情地为我树碑立传的同时，你已经养成了小看自己才华的习惯。可能才华本身根本就不发光，不过，却能够传导光亮。你虽然不能称得上是天才，但是具有激发出别人的素质。我不否认，亲爱的朋友，我总是感到自己欠你的太多。"

他说的这些话是我前所未闻的，坦率地说，他的话使我感到很大的欣慰。曾几何时，他对于我对他的敬佩和想为他的天才推论著书立说所做的努力，向来抱着一种视而不见的态度，这样大大地伤害了我的自尊心。而如今我竟然也能够悟透玄妙，而且应用于实际当中，甚至获得了他的赞赏，想到这些的确使我觉得兴奋。此刻他从我手里把手杖接了过去，目不转睛地观察一番，接着带着一种颇感兴趣的表情把香烟放下，拿着手杖走到窗子跟前，用放大镜再次审视起来。

"尽管非常简单，不过饶有趣味，"他一边说着，一边坐回到椅子上，"手杖上的确有几处痕迹足以作为我推断的依据。"

"我还遗漏了什么？"我颇有一些自鸣得意地问，"我想我已经观察得很全面了。"

"亲爱的朋友，只怕你因之而下的结论差不多全都不对呢！实话实说，刚才我说我的天分被你激发起来时，我指的是说：在我能够指出你错误的地方的同时，我就走上了正确的方向。不过并非说你刚才说的完全悖谬。那个人的确应该是一位乡村医生，并且他经常步行出诊。"

"这么说来，我的推测没错了。"

"仅此而已。"

"不过，那正是我们能演绎出的所有事实了。"

"不，不，亲爱的朋友，并不是所有——肯定不是所有的事实。比如说，我很想提出，赠给这位医生的这根手杖，或许并不是来自猎人会，而是来自一家医院，因为两个字的开头'C.C.'是在'医院'一词前的。所以，顺理成章地让人想到Charing Cross这个词儿来。"

"有些道理。"

"思路应该是对的。要是我们把这一点看作已经确定的设想的话，那我们可以获得一个新的依据了。从这一依据着手，就能够对那位不速之客的面目进行勾勒了。"

注释　悖谬（bèi miù）：荒谬，不合常理。
Charing Cross：查令十街。

"那好吧！假设'C.C.H.'指的正是查林十字医院，那么我们到底能够得出什么新的推论结果呢？"

"难道没有任何说明问题之处吗？既然已经掌握了很多我的推论法，那么就请按照它向下推断吧！"

"我只有一个结论是明确的，此人在去乡下以前曾经在城内当过医生。"

"我觉得，我们的假设还能再具体一些，推论一下，到底是因为什么才会发生类似于此的纪念性馈赠呢？在怎样的情况下，他的同事们才有可能聚到一起赠给他这件纪念品呢？很明显是在摩梯末医生为了自行开业而离开这家医院时。我们已经知道他曾经有一次赠送礼品的事情；我们确定他曾经从城市里的某家医院转移到乡村行医。那么我们推断，说这个礼品是在离开的时候送的不会太牵强附会吧。"

"很有可能。"

"如今，你能够看出，他并非主治医师，因为只有当某人在伦敦行医已经拥有很大的声誉时，才能够有这种地位，而这样著名的医生就不会搬到乡村去行医了。这么说来，他到底应当属于哪个档次呢？假如前提是他在医院中工作但又并非主治医师，那么他顶多不过是一名病房外科医生或者病房内科医生——地位比实习生略高；但他离开已经是五年前的事情——时间是在手杖上刻着的，所以你的那个使人敬畏的、年纪已大的医生是不存在的。华生，但是这儿是一位年轻人，还没有三十岁，性情随和、胸无大志、不修边幅，他还养着一只宠物狗，我还能大概地说出它比狸犬要大，比獒犬要小。"

我抱着怀疑的态度笑了起来。夏洛克·福尔摩斯将身子向后仰靠在靠椅上，朝着天花板吐着晃晃悠悠的小烟圈。

"推论的最后一部分，我难以证实你是不是对的，"我说，"不过要想找出几个关于他的年龄和履历的特点来，那倒是举手之劳。"我从我的很小的摆着医学书籍的书架上取下一本医药辞典来，打开找到写着人名的地方。里边姓摩梯末的人有数个，不过只有一位可能是那位不速之客。

我大声地念出了这段文字：

杰姆士·摩梯末，1882年在皇家外科医学院完成学业，德文郡达特沼地格林盆人。1882到1884年在查林十字医院担任住院外科医生。其论文《疾病是否隔代遗传》荣获杰克逊比较病理学奖金。瑞典病理学协会通讯会员。著作有《几种隔代遗传的畸形症》《我们在前进吗》。曾经担任格林盆、索斯利和高冢村等教区的医务官。

　　"这些记录似乎并没有说到过那个什么猎人会啊，华生！"福尔摩斯的微笑中掺杂着几丝讽刺意味，"就和你所做出的推论一样，他只是一个乡村医生；我认为我的推断是准确无误的了。要说那些用来形容他的词，要是我没记错的话，我曾说过'性情随和、胸无大志和不修边幅'。我的人生体验告诉我，在这个世上只有性格随和的人才有可能得到纪念赠品；只有胸无大志的人才有可能离开伦敦的生活而跑到乡村去；只有不修边幅的人才有可能在你的屋内等上一个钟头后不把自己的名片留下，而居然留下了自己的手杖。"

　　"那宠物狗又怎么解释呢？"

　　"总是衔着这根手杖紧跟主人背后。因为这根手杖沉甸甸的，狗只能使劲衔着它的中间，所以就留下了那些一目了然的牙印。从那些齿痕的空隙进行判断，我觉得这只狗的下颚要比狸犬的下巴宽，而比獒犬的下颚窄。它也许是……不错，它肯定是一只卷毛长耳猎犬之类。"

　　他站起身来，一边说话一边在屋子内踱来踱去。他走到往外凸伸的窗台跟前站定了。他的声音中透着一种百分之百的肯定，使我抬起头来，用极其诧异的目光看着他。

　　"亲爱的朋友，对于这一点，你凭什么这样肯定呢？"

　　"原因非常简单，我此刻已经看见那只狗就在我们大门前的台阶上，同时也听见了它的主人的按铃声。别走，我请求你，华生。他和你是同行，有你在或许对我能有所帮助。华生，现在已经到了命运这场戏中剧情最高深莫测的时候了，你已经听见从楼梯上传来的脚步声了吧，他此刻在一步步进入你的生活；但是，你居然不知道到底是祸是福。这位医学界人士，杰姆士·摩梯末医生想向犯罪学专家夏洛克·福尔摩斯询问一些什么问题呢？请进吧！"

- ＞＞＞

注释　诧（chà）异：惊异。

前来拜访者的外貌，对我而言简直是一件令人惊讶的事情，因为我事先猜测的是位典型的乡村医生，但他却是个身体瘦高的人，很长的鹰钩鼻子，突出在两只犀利有神但呈灰色的眼睛当中，双眼距离很近，在一副镶着金边的眼镜后边闪闪发光。他的穿着和所有的医生差不多，但是非常落拓，因为他的上衣很脏，裤子也已经磨损了。尽管年龄不大，但是很长的脊背已经有点儿驼了，他在行走时头颈前倾，而且有着贵族般的慈祥风度。他刚进入客厅，目光立即就停到福尔摩斯手中正握着的那根手杖上了，他快乐地叫了一声就疾步向他走去。"我真是高兴极了！"他说，"我无法断定到底是把它遗忘到这儿了呢？还是遗忘到轮船公司了。我宁肯丢掉全世界，也不想丢掉这根手杖。"

"我猜它是一件纪念品吧。"福尔摩斯说。

"不错，先生。"

"是查林十字医院的同事送的吗？"

"是那儿的两位同事在我结婚的时候送的。"

"哎呀！天哪，太糟糕了！"福尔摩斯摇晃着头说。

"什么糟糕？"摩梯末医生穿过眼镜有点儿惊讶地眨巴着眼睛。

"因为您已把我们方才的几个很小的猜测给打乱了。您说是在结婚时送的，对吗？"

"不错，先生，我结婚以后就离开了那家医院，同时放弃了做一名主治医师的所有希望。但是，为了能够拥有自己的小小爱巢，这么做是非常有必要的。"

"啊哈！我们终归还没有搞错。"福尔摩斯说，"嗯，杰姆士·摩梯末博士……"

"您叫我先生就行了，我只是一名身份卑微的皇家外科医学院的学生。"

"并且很明显，也是一个见识不凡的思想家。"

"一个对科学一知半解的人，福尔摩斯先生，一个在无边的不可知的

- ≫≫

注释 落拓（tuò）：豪放，放荡不羁。

海洋岸上拾贝壳的人。我觉得我是在和夏洛克·福尔摩斯先生谈话，而并非……"

"你弄错了，这位是我的朋友华生医生。"

"能够见到您我感到很荣幸，先生。我曾经听别人把您和您朋友的姓名同日而语。您引起了我很大的兴趣，福尔摩斯先生。我实在没有料到会看到这样颀长的头颅或者这样凹陷的眼窝。您能同意我用手指顺着您的头顶骨缝摸一下吗，先生？在没有获得您这个头骨的实物之前，要是根据您的样子做个头骨模型，对每一个人类学博物馆而言都将是一件不可多得的标本。我根本不想惹你厌烦，但是我无法否认，我对您的头骨极其羡慕。"

夏洛克·福尔摩斯做了一个手势，示意我们所不熟悉的来客在椅子上坐下。"先生，我能够看出，您和我一样，是一个非常善于思索自己的专业的人，就像我对我的专业一样。"他说，"我从您的食指上能够看出您只抽自己卷的烟，用不着考虑了，请卷一支抽吧。"

来客把卷烟纸和烟草取了出来，在手中用令人惊讶的娴熟手法卷出了一支香烟。他那相当长的手指颤动着，似乎某种昆虫的触须。

福尔摩斯默不作声，但是他那快速地骨碌碌乱转的眼睛让我看出，他已经对我们这位奇怪的来客产生了很大的兴趣。

"我觉得，先生，"他总算开口说话了，"您昨天晚上前来拜访，今天再次光临，只怕不单单是想研究我的头颅骨吧？"

"不，先生，当然不是，尽管我也非常乐意有机会那么做。我到这儿来找您，福尔摩斯先生，是因为我知道自己是一个阅历很浅的人，并且我突然碰上了一件极其棘手并且非常特殊的问题。因为我深知您在处理这种问题上位居欧洲第二……"

"原来是这样，先生！请问，有幸处在首位的是什么人呢？"福尔摩斯的口气非常尖酸。

"对一个有着准确无误的科学头脑的人而言，贝蒂荣先生办案的理论从来都是具有强大的魅力的。"

注释　棘（jí）手：比喻事情难办。

"这样说来，您去拜访他不是更好一些吗？"

　　"先生，我的意思是说，对有着准确无误的科学头脑的人而言。但是，从对事物的实践经验来看，人人都知道，没有人能够比得上您。我相信，先生，我根本没有在无意当中……"

　　"只是稍稍有一点儿而已，"福尔摩斯说，"我认为，摩梯末医生，不妨请您马上把让我帮助的问题清楚地对我说一下吧。"

　　果然福尔摩斯有一些在意自己在侦查界的地位。这样一个骄傲的人，我想着想着，不禁笑出声来，摩梯末医生现在或许有些窘吧。

　　[思考] 手杖的主人究竟是什么人？

第二章 巴斯克维尔的灾祸

名师导读 Teacher Reading

　　摩梯末医生向我和福尔摩斯说明了来意，他的好朋友兼顾主在三个月前离奇死亡，并留下了有关雇主家族与猎犬之间故事的手稿。摩梯末医生为了找出真相找到福尔摩斯，并逐步地分析这一可怕的事件。魔幻的事情发生了，是真的有戏剧性的采访还是刻意的隐瞒，请拭目以待。

　　杰姆士·摩梯末医生一进门，福尔摩斯就对他进行了认真的观察。

　　"我衣兜里有份手稿。"杰姆士·摩梯末医生说。

　　"在您刚进来的时候我就已经看出来了。"福尔摩斯说。

　　"这份手稿已经有很多年了。"

　　"十八世纪初期的手稿，要不就是赝品了。"

　　"您是怎么知道的，先生？"

　　"在您讲话时，我发现那份手稿一直都有大约一两英寸露在外面。要是一个专家无法把一份手稿的时间估算得相差不出十年左右的话，那他简直是一个半瓶醋的专家了。或许您早就看过我写的那篇有关这个问题的小论文了吧。根据我的推断，这份手稿应该完成于一七三〇年。"

　　"准确的时间是在一七四二年。"摩梯末医生从胸前的衣兜里拿出了那份手稿，"这是一份祖传的东西，是查尔兹·巴斯克维尔爵士交给我保存的，三个月以前他突然离奇猝死，在德文郡引起轩然大波。可以说，我是

注释 赝（yàn）品：假的、伪造的文物。

他的好朋友兼医生。他是一个有着坚定意志的人，先生，非常聪明，阅历很深，而且和我一样务实。他把此文件看得非常重，他心中早就准备好接受这种结局了；而最终，他居然真的得到了这种结局。"

福尔摩斯把手稿接过来，把它在膝盖上展开。

"华生，你留心看，书写S时的长短换用，这正是让我能够确定其年代的其中一个特征。"

我凑到他身后看那张发黄的稿纸和已经褪了色的字迹。最上面写着"巴斯克维尔庄园"，再往下很潦草地写着一个数字："一七四二"。

"看上去似乎是一篇历史记载。"

"是的，是有关一件在巴斯克维尔家流传已久的传奇性故事。"

"但是我认为，您来找我只怕是因为目前的和更具有现实意义的事儿吧？"

"是为目前的事情，这是件最严重和紧迫的事情了，一定得在二十四小时以内得到解决。但是这篇手稿不长，并且和这件事情牵扯极大。假如您准许的话，我就把全文念给您听。"

福尔摩斯倚在椅背上，双手的指尖互抵，合上了双眼，流露出一副洗耳恭听的表情。摩梯末把手稿举到有光亮的地方，用洪亮且沙哑的嗓音读着下边奇异的、发生在很久以前的故事：

"有关巴斯克维尔猎犬的事情，曾有过许多不同的说法，我之所以要把它记载下来，是因为我深信曾经确实有像我所记载的这种事情发生。我是修果·巴斯克维尔的嫡亲后代，这件事情是父亲亲口告诉我的，而我父亲又是从我祖父那儿听说的。儿子们，希望你们都懂得，善恶终是有报的，不过只要他们能够祈祷忏悔，不管犯了的罪孽有多么深重，也总能得到原谅的。我告诉你们这件事情，希望你们不必因为前辈们所遭受的报应而感到害怕，只要自己以后引以为戒就行了，避免我们这个家族曾经所遭受的深切的磨难再次落到我们这些败落的后辈身上。"

"那是在大叛乱时，这座巴斯克维尔大厦原被修果·巴斯克维尔所占用，不能否认，他是一个最无耻粗鲁、最轻视上帝的人了。实际上，假如只此一点的话，乡亲邻居们原是可以宽恕他的，因为在这一带圣教从来就没出现过兴盛的局面。他性格自大、凶狠，在西部已是人人皆知了。这位修果先生在偶然之中看上了在巴斯克维尔庄园周围种有几亩田地的一个庄稼人的女儿。但是那位姑娘向来都有言行谨慎的好声誉，肯定不会搭理他了，再说她也害怕他的臭名声。有一次，在米可摩斯节那天，这位修果先生知道她的父兄两个都没在家，就和五六个无所事事的流氓朋友一块儿，悄悄地去她家把这位姑娘抢了来。他们把她掳到了巴斯克维尔庄园，锁到楼上的一个小房间里。然后修果就和几个朋友围坐在一起狂吃海喝起来，他们在晚上是经常这么干的。此时，楼上那个不幸的姑娘听见了楼下大声吼叫和那些特别难听的污秽语言，已经是极其恐惧、不知如何是好了。听人说，修果·巴斯克维尔喝醉的时候所讲的那番话，无论是什么人，就算是重新说一次都有可能会遭受天灾。后来，她在被吓坏了的情况下竟然做出了一件甚至连最有胆量和最狡诈的人都会为其感叹的事情来。她从窗子里爬了出来，沿着到现在为止仍然在南墙上爬得到处都是的蔓藤从房檐底下一直溜到地上，接着就走过沼地径直向家里奔去了，庄园距离她家大约有九英里的光景。"

"此后不久，修果抛下那帮狐朋狗友，拿着食品和酒——没准儿还有更坏的东西呢——就上楼去找那个被他抢来的姑娘了，但是竟然看到笼子里的鸟早就飞走了。接着，他就像中了邪一般冲到楼下，刚到餐厅就跳到大饭桌上，面前的东西，无论是酒瓶或者木盘统统都让他踢得飞了起来。他当着朋友的面口出狂言：如果当天晚上他能够把那个姑娘追回来，他情愿把灵魂和肉体都献给魔鬼，任他摆布。当那些狂吃滥喝的小混混们被他的突然大怒吓得不知所措时，有个非常凶狠的人——或许是因为他比其他人醉得更厉害——大喊着说应该放出所有的猎犬去追赶她。修果听他这么一说，接着冲出屋子，大声叫喊马役给他备马，并且放出狗舍里所有的狗，把那个姑娘落下的头巾让那群猎犬嗅了嗅就把它们统统撵了出去，这群狗一边大声吼叫，一边朝着铺满惨白月光的沼地快速奔去。"

注释 掳（lǔ）：俘获;抓获。

　　"这群小混混们愣了半天才醒过神来，不知道这么急急忙忙地闹了半天到底发生了什么事。好一会儿他们才搞清楚去沼地里要做什么，然后又都大声叫喊起来了，有些人喊着要拿手枪，有些人寻找自己的马，有些人甚至还要带着一瓶酒。后来，他们那发疯般的脑子总算清醒了一点儿，十三个家伙全骑上马去追赶了。天上的月亮把他们照得非常清楚，他们相互紧挨着，一同沿着那位姑娘回家的必走之路飞奔而去。"

　　"在他们追出一二英里路时，碰见一个沼地中的牧人，他们大声喊着问他是否看见了他们所要追赶的人。听说牧人那个时候被吓呆了，几乎连话都讲不出来了，最后，他终于说他的确看见了一位不幸的姑娘，后边还有许多追捕她的猎犬。'我看见的还不只是这些呢，'他说，'修果·巴斯克维尔也骑在一匹黑马上从这儿追了过去，还有一只特别大的幽灵般的大猎犬无声无息地跟随在他后边。上帝啊，千万不要让那种狗跟在我后边！'那群醉醺醺的恶棍骂了那个牧人一顿接着又骑着马追赶去了。但是没过多久他们就被眼前的情景吓得全身发起抖来。因为他们听见沼地中马奔跑时的声音传了过来，接着就看见了修果的黑马，口中淌着白沫从他们身边跑过去，马上没有人，缰绳拖曳着。从那个时候开始那群小混混儿们就都靠到了一块儿，因为他们已觉得极其恐惧了，但是他们仍然在沼地里向前行进。要是他们只有一个人在那儿走的话，肯定早已经掉转马头往回跑了。他们就这么寸挪寸动地骑着马向前走，后来终于看见了那些猎犬。这群平素都是张牙舞爪的恶犬，但是此时居然也挤在沼地中的一条小沟里，哀哀地叫着，有的已经逃跑了，有的则颈毛直立，双眼茫然地向前看着一条很窄的小沟。"

　　"这群人把马勒住，可以猜测得出，他们此刻已经比刚开始追赶时理智多了。他们当中大部分人已经不愿意继续向前走了，但是有三个最勇敢的——或许是酒喝得太多了——仍然骑马朝着山沟走下去了。展现在面前的是一片宽广的平地，当中有两根大石柱立在那儿——到现在仍然可以看见——是古时候不知什么人立在那里的。月光照亮了整片平地，那因为恐惧和劳累身亡的姑娘就躺在那片平地的正中间。但是令这三个胆量极大的醉鬼魂飞丧胆的并非姑娘的

注释　醉醺（xūn）醺：喝醉了酒的样子。

死尸，也不是在她不远处躺着的修果·巴斯克维尔的死尸，而是在修果身边站着、正在撕咬着他咽喉的那个骇人的东西，一只壮实黢黑的怪兽，看上去像一只猎犬，但是任何人都没有看到过这么大的猎犬。就在他们望着那只怪兽撕咬修果·巴斯克维尔的咽喉时，它把闪着幽光的双眼和不停地流着口水的大口转过来对着他们。三人一瞧，顿时吓得大喊大叫，赶紧掉转马头仓皇而逃，就连在经过沼地时仍然拼命喊叫。听说其中有一人因为看见了那只怪兽当天晚上就被吓得咽了气，其他二人也被吓成了神经病。"

"我的儿子们啊，那只猎犬的传说就是这么来的，听说从那个时候开始那只狗就成了我们家族一个无法挥去的噩梦。我之所以要把它记录于此，还因为我认为：道听途说的东西和臆测的东西要比了解得一清二楚的东西更令人害怕。必须承认，我们家里的人，有很多人都是没有得到好结果的，死时是那样突然、悲惨和神秘。希望能够得到上帝无限仁慈的保佑，不致把惩罚降临在我等三代以至四代基督的虔诚信徒们身上。我的儿子们，我用上帝的名义劝令你们，而且希望你们要倍加留心，一定别在黑暗来临、邪恶势力肆无忌惮时经过沼地。

摩梯末医生念完了这篇奇怪的记录以后就把眼镜推到了额头之上，凝神地审视着夏洛克·福尔摩斯。福尔摩斯打了一个呵欠，然后把吸剩的烟头丢进了壁炉里。

"嗯？"他说。

"您不感到里面的内容发人深省吗？"

"对于喜欢搜集民间故事的人而言，是非常有意思的。"

摩梯末医生从衣兜中取出一张折叠着的报纸来。

"福尔摩斯先生，此刻我想对您说一件最近刚刚发生的事情。这是张今年五月十四日的《德文郡纪事报》。是一篇关于几天以前查尔兹·巴斯克维尔爵士死讯的简单报道。"

福尔摩斯上身稍稍往前倾，全神贯注地听着。我们的客人戴正眼镜，又开始念了起来：

注释 臆测：主观地推测。

"近来，查尔兹·巴斯克维尔爵士的突然身亡，对本郡而言是件悲痛的事情。据说，在下一届选举中，这个人可能被选作中部德文郡自由党候选人。尽管查尔兹爵士在巴斯克维尔庄园居住时间不长，不过他的为人诚恳和大方已经得到身边群众深切的尊敬。在此暴发户充斥的时候，像查尔兹这样的一个名门以后，竟然能够富贵回乡，重振因为厄运而中道衰败的家业，确实是值得欣喜的事情。尽人皆知的查尔兹爵士曾经在南非投机致富。不过他比倒了霉以后才肯罢休的人有头脑，他携带变卖家产以后所得的财产回到英伦。他到了巴斯克维尔庄园只有两年的时间，他的巨大的重新修缮计划成了人们常常谈论的对象，可是这个计划已经因为他本人的离世而被迫中断。因为他膝下无子，他曾经公然宣称，在他有生之年，他将给予全乡区以资助，所以，有不少人对他的猝死觉得极其悲痛。要说他对全乡和郡慈善机构的接济，曾经时常被本栏目刊载。"

"验尸的结果还没能把与查尔兹爵士的暴死有关的各种情况搞清楚，起码还没能把因为当地的迷信引起的各种谣言消除。没有丝毫理由疑心有什么犯罪成分，或者想象暴死并不是出于自然原因。查尔兹爵士一生未娶，据说他在有些方面表现出的精神状态有点儿异常。他尽管有万贯家财，不过自己的爱好却非常一般。巴斯克维尔庄园里的仆人只有白瑞摩夫妻两个，丈夫是总管，妻子做管家妇。他们已经得到几位朋友证实的证词表明：查尔兹爵士生前健康状况不佳，特别是几点关于心脏方面的症状，表现有脸色剧变、呼吸急促和相当严重的神经衰弱。死者的朋友及私人医生杰姆士·摩梯末也提供了相同的证明。"

"案件的真实情况非常简单。查尔兹·巴斯克维尔有一个习惯，每天晚上在睡觉以前，都要沿着巴斯克维尔庄园有名的水松夹道散步。白瑞摩夫妇的证词表明死者生前的习惯的确是这样的。五月四日，查尔兹爵士曾经说他第二天想到伦敦去，并且吩咐白瑞摩给他预备相应的什物。当天晚上他和以前一样出去散步，他散步的时候经常抽着雪茄，但是他从此再没回来。在午夜十二点钟，白瑞摩看到厅门仍然敞着，他感到非常惊讶，接着就点着灯

注释 什物：各种物品器具。多指日常生活用品。

笼，到外面去找主人。那时外边湿漉漉的，因此顺着夹道下去能够清楚地看见爵士的脚印，小径的当中有一个通往沼地的栅门。各种痕迹都表明查尔兹爵士曾在门口站过，接着他就顺着夹道走下去了，他的尸首正是在此夹道的尽头被看到的。有一个还没有得到解决的问题就是：据白瑞摩说，他主人的脚印在走过通向沼地的栅门以后就没了形状，似乎是从那往后就改成用脚尖行走了。有个名为摩菲的吉卜赛马贩子，那个时候正好在沼地中离查尔兹爵士死去之处很近的地方，但是他自己承认那时喝醉了。他说他曾经听见过人的呼叫声，不过不

知道是来自什么地方。在查尔兹爵士身上没有发现遭到暴力袭击的丝毫迹象，但是医生的证明里曾经指出面部扭曲到了简直无法相信的地步的、躺在他眼前的正是他的朋友和病人的尸首——据说，这种现象可能是因为呼吸急促和心脏衰弱所造成的。这个解释已经被尸首解剖所证实，表明这种器官上的毛病已经存在很久了。法院验尸官也呈递了一个和医生证明一致的判断书。这样结束总是一种妥当的做法，因为查尔兹爵士的后代会继续居住在巴斯克维尔庄园，并将继续实行因为不幸而中断了的善举，所以，很明显这一点是极其重要的，如果验尸官极其平常的发现无法使那些在邻里之间流传的与这件事有关的荒诞不经的谣言消除的话，则想替巴斯克维尔庄园另外找一个住家就不是很容易的事了。据说，要是爵士还有活在世上的最亲的家属的话，那就是他弟弟的儿子亨利·巴斯克维尔先生了。过去曾经听说这位名叫亨利·巴斯克维尔的小伙子在美洲。如今已经着手调查，便于通知他前来继承这笔巨额财产。"

摩梯末把报纸折好，重新放到衣兜里去。

"福尔摩斯先生，这一切就是尽人皆知的关于查尔兹·巴斯克维尔爵士

之死的所有事实。"

"我太感谢您了，"夏洛克·福尔摩斯说，"你的介绍已经引起了我对这桩案子的浓厚兴趣。那时我曾经看过某些报纸关于此事的报道，不过当时我正全力以赴地处理梵蒂冈宝石案那桩小事情，因为教皇亲自督办，竟然忽视了这个事件。您说这一段新闻已经披露了所有公开的事实吗？"

"不错。"

"那么再对我说一些内幕的真实情况吧！"他倚在椅子上，双手的指尖互抵，露出一副非常镇静的、法官一般的神情。

"如果这样，"摩梯末医生一边说着，有点儿按捺不住了，"就会把我还不曾对谁说过的事儿都讲出来了，我甚至隐瞒了验尸官。因为一个搞自然科学的人，最害怕的就是在大家跟前显得他好像是相信一种迷信传说。我的另外一个原因，就像报纸上所讲的一样，要是有什么事儿再使它那已经非常糟糕的名誉得到深一层恶化，那么巴斯克维尔庄园就确实再也没有谁敢去住了。为此，我觉得，不把自己了解的所有实情都讲出来还是对的，因为那么做不会有任何益处，不过对你而言，我没有任何理由不开诚布公，和盘托出。"

"沼地里的居民们彼此离得都不近，而相距不远的居民们就产生了亲密的关系。所以我和查尔兹·巴斯克维尔爵士就能时常相见。除去赖福特庄园的弗兰克兰先生和生物学家斯台普吞先生以外，周围几十英里以内就再也没有接受过教育的人了。查尔兹爵士喜欢独处，但是因为有病，我们两个就成了好朋友，并且共有的科学兴趣也令我们二人变得更加亲近。他从南非带回不少科学资料，我还经常把整个美丽可爱的黄昏和他一起用在研究讨论对布史人和豪腾脱人的比较解剖学上。"

"在最后一段日子里，我看得越来越清楚，查尔兹爵士愈来愈神经质。他对于我念给你听的那个故事深信不疑——尽管他时常在自己的院子里散步，不过每到晚上就无论如何都不想去沼地了。福尔摩斯先生，在您觉得是那么荒唐，但是，他居然坚信自己的家快要大难临头了。当然，他从上辈那儿知道的传说的确令人不安。心里经常想着恐怖的事情就要在面前出现。他多次询问过我，是不是在晚上出诊的路上看见过某种怪异的东西，或者听到过一只猎犬的嗥叫。后面这一问题他曾经反复问过我很多次，并且常常带着紧张发颤的音调。

"我记得非常清楚，那天黄昏时分，我赶着马车去他家拜访，那是在出事前差不多三个星期时。巧的是他正站在正厅门口。我已走下我的马车在他的跟前站住了，我突然发现他的眼中带有极其恐惧的神情，紧紧地看着我的身后。我猛地回转过身，刚刚有时间看见一个像大牛犊一般的黑色兽类飞闪而逝。他紧张恐惧得那么厉害，我只好来到那个兽类曾经跑过的地方向周围巡视了一遍。它已经逃走了。不过，这件事情好像在他心里产生了非常坏的影响。我陪他待了一宿，就在那个时候，他为了解释自己的恐惧，就把我刚到时念给您听的那份记录交到了我手中。我之所以要提起这段小小的插曲，是因为它在紧接着发生的惨剧中或许非常重要，但是在那时，我的确觉得那不过是件微乎其微的小事情，他的恐惧也是没有什么理由的。

　　"还是接受了我的忠告，查尔兹爵士才准备去伦敦。我知道，他的心脏受了很大的刺激，他时常觉得焦急不安，无论它的原因是多么的虚无缥缈，很明显已经大大地损害了他日后的健康。我相信，几个月的城市生活会让他成为另一个人。我们共有的朋友斯台普吞先生对他的身体健康十分关心，他和我看法一致。但是，这令人恐惧的惨祸居然在临走以前的头天夜里发生了。

　　"在查尔兹爵士突然死去的当天晚上，总管白瑞摩看到尸体以后，马上打发马役波金斯骑马前来告诉我，因为我睡觉非常晚，因此在事发后一个钟头以内我就到了巴斯克维尔庄园。我核实了全部在验尸过程中说起过的事实。我沿着水松夹道向前察看了他的足迹，观察了和沼地的那扇栅门相对的地方，无疑他曾经在那里等过什么人，我留意到从那一点以下的脚印形状的变化。我还留意到，除去白瑞摩在潮湿的土地上留下来的那些脚印以外没有别的脚印。后来我又认真地察看了尸首，在我抵达之前没有人动过他。查尔兹爵士趴在那儿，双臂前伸，他的手指抠进泥中；他脸上的肌肉因为感情过于强烈而扭曲了，以至于让我难以辨认，的确没有丝毫伤痕。但是在验尸时白瑞摩曾经提供了一个不正确的证词。他说在尸首四周的地上一点儿痕迹都没有，他什么都没看见。

　　"但是，我却看见了——就在离得很近的地方，不但清楚并且十分显眼的脚印。福尔摩斯先生，是个很大的猎犬的足迹！"

　　摩梯末怪异地看了我们片刻，在回答时，声音简直就像在耳语。

思考 猎犬为何只撕咬巴斯克维尔？

第三章　疑　案

名师导读 Teacher Reading

　　医生声音发抖地说着查尔兹爵士的死亡现场及验尸官的话：在离尸体不远的地方出现了奇怪的脚印，而且，查尔兹爵士的脚印也显示是半个的。再过一小时查尔兹爵士家产的继承人就要来了，医生便去接了。福尔摩斯让我出门逛逛，傍晚再回来，自己则在房间里思考着。

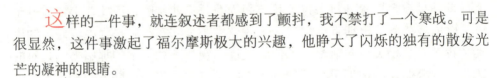

　　这样的一件事，就连叙述者都感到了颤抖，我不禁打了一个寒战。可是很显然，这件事激起了福尔摩斯极大的兴趣，他睁大了闪烁的独有的散发光芒的凝神的眼睛。

　　"您确实看见了吗？"

　　"肯定没错，清楚得就像此刻我看到您一样。"

　　"您什么都没说吗？"

　　"说了也白说呀！"

　　"怎么其他人就没有看见呢？"

　　"爪印距离尸体大约有二十码远，没有谁会发现。我相信要是我没有听说这个传说的话，只怕也不会留意到它。"

　　"沼地中有许多护羊犬吗？"

　　"当然有许多，不过这一只根本就不是护羊犬。"

　　"您说它相当大吗？"

　　"非常大。"

"它没靠近尸首吗？"

"没靠近。"

"那是一个怎样的晚上呢？"

"潮湿阴冷。"

"没下雨吧？"

"没下。"

"那条夹道是什么样子的？"

"有两排水松老树篱，高有十二英尺，树的枝蔓密实，人无法从中通过，当中有一条宽为八英尺的小径。"

"在树篱和小径当中还有其他的什么东西吗？"

"有，在小径两侧分别有一条差不多六英尺宽的草地。"

"我猜想那个树篱有一个地方是被栅门切断的吧？"

"不错，正是朝向沼地所开的那个栅门。"

"还有别的开口吗？"

"没了。"

"这就是说，要想来水松夹道里面，只能通过宅邸或者朝向沼地所开的栅门进去了？"

"穿过另外一端的凉亭还有一个出口。"

"查尔兹爵士去那儿没有？"

"没有，他躺下的地方和那儿相距差不多有五十码远。"

"此刻，摩梯末医生，请回答我——这是非常关键的一个问题——你所看见的足迹是在小径上而并非在草地上吧？"

"草地上什么痕迹都看不见。"

"是在小径上靠近朝向沼地所开的栅门那一侧吗？"

"不错，是在栅门那一侧的路旁边。"

"你的话使我产生了很大的兴趣。我还想问一句，栅门是不是关着的？"

"是关着的，并且还是被锁着的呢。"

"栅门有多高？"

"大约四英尺。"

"这么说，不论谁都能攀越它了？"

"的确是这样。"

"您在栅门上看见过什么蛛丝马迹吗？"

"没发现什么特殊的痕迹。"

"真是怪事！没有谁认真检查过吗？"

"检查了，我自己检查的。"

"没有任何发现吗？"

"把人弄得真是不知所措，很明显查尔兹爵士曾经在那儿停留过五分钟到十分钟。"

"何以见得呢？"

"因为从他抽的雪茄烟上掉下来的烟灰有两处。"

"真是妙不可言，华生，真像我们的同行，思路与我们如出一辙。但是足迹呢？"

"在那儿的一片含沙地面上处处都有他走过时留下的足迹，我没看出还有其他人的足迹。"

夏洛克·福尔摩斯带着没有耐心的表情敲打膝盖。

"假如我在那儿该多好啊！"他大声说道，"很明显这是件非常有趣的案子，它给犯罪问题专家提供了进行研究工作的广泛的好机会。我原可以在那片含沙地面上发现很多的线索；不过，如今那些印迹已经让雨水和喜欢凑热闹的农民的鞋子给毁掉了。啊，摩梯末医生，摩梯末医生啊，你怎么不立即让我去呢！说实在的，你应当对此事负责。"

"福尔摩斯先生，我不能既把您请了去，而又不公开这些事实的真相，并且我早就讲明不想这么做的理由了。另外，另外——"

"你怎么迟疑不说了呢？"

"有些问题，甚至连最聪明干练的侦探都是一点儿办法没有的。"

"你的意思是，这是件超乎自然的事儿吗？"

"我没有这么说。"

"您确实没有这么说。不过，很明显您是这么想的。"

"福尔摩斯先生，自从这个惨剧发生以后，我曾听说过不少难以和自然规律相符的事。"

"请举个例子吧。"

"我听说在这个惨剧发生以前，就有一些人曾经在沼地中看见过和所谓的这个巴斯克维尔的怪兽形状一样的动物，并且肯定不是科学界已经了解的动物。他们众口一词地说那只怪兽巨大无比，身体闪闪发光，面目像恶魔一样凶恶。我曾经追问过那些人，其中有一个是机警聪明的庄稼汉，一个是马掌铁匠，另外一个是沼地中的农户，他们都讲述了有关这个骇人怪物的同样的故事，与传说中的面目凶恶、令人恐惧的猎犬丝毫不差。您不必怀疑，整个地区都蒙上了一层恐怖的阴影，有胆量在晚上经过沼地的人真可以称为勇士了。"

"难道你——一个接受过高等教育的人，会相信这是一件超乎自然的事情吗？"

"我也不知道自己应当相信什么。"

福尔摩斯耸耸双肩。

"到现在为止，我还只是在人世间进行调查工作，"他说，"我只和罪恶做过一些斗争。不过，想与万恶之神打交道，我或许就会感到束手无策了。可是不管怎样，您无可否认，足迹是确实存在的吧。"

"这个怪异的猎犬的确是实实在在的，他足能把人的喉咙撕破，但是它又的确像是恶魔。"

"我能够看出，你已经几乎是个超自然论者了。但是，摩梯末医生，此刻请您对我说一下，您既然持着这样的观点，怎么还要前来找我呢？你用相同的声调告诉我，调查查尔兹爵士的死是一点儿用处都没有的，但你却又希望我能去调查清楚。"

"我根本就没有说希望您去调查清楚啊。"

"那么，你到这儿来的用意到底是什么呢？"

"但愿您能告知我，对于马上到达滑铁卢车站的亨利·巴斯克维尔爵士，我应当怎么做呢？"摩梯末医生看了一下自己的手表，"他在一个小时零十五分钟以内就会到了。"

"亨利·巴斯克维尔爵士就是继承人吗？"

"是的，查尔兹爵士死了以后，我们调查了这位年轻绅士，才知道他一直都在加拿大务农。按照我们所了解的，从各种方面来看，他都是一个不错

的人。我此刻并非用一名医生的身份，而是用查尔兹爵士遗嘱的委托人和执行人的身份讲话的。"

"我觉得没有别的申请继承的人了吧？"

"没了。在他的亲人当中，我们唯一能调查到的另外一个人就是罗杰·巴斯克维尔了。他是兄弟三人当中年龄最小的一个，查尔兹爵士是年龄最大的一个，年轻的时候就已经离开人世的二哥正是亨利这个孩子的父亲。老三罗杰是一个不孝之子，他和那胡作非为的老巴斯克维尔简直是从同一个模子里出来的；听他们说，他的长相和家里的老修果的画像非常相像。他弄得自己在英格兰待不下去了，逃往美洲中部，1876年得了黄热病而死在那儿。亨利已经成了巴斯克维尔这个家族中唯一的一个后代了。在一个钟头零五分钟以后，我就会在滑铁卢车站见到他了。我收到了一封电报，说他已经在今天早上到达了南安普敦。福尔摩斯先生，对于他，我应当怎么做呢？"

"为什么不让他住进祖屋里去呢？"

"看上去好像应当这样做，不是吗？但是想到所有巴斯克维尔家的人，一旦去那儿，将会遭受不可预测的厄运。我觉得，要是查尔兹爵士在临死以前还有时间能够向我交代后事的话，他肯定会告诫我，别把这个古老家族剩下的唯一一个后代和万贯家财的继承人带往那个可怕的地方。但是，必须承认，整个贫穷、冷清的乡区的兴旺和幸福都和他的到来紧密相连。要是庄园中没有主人，查尔兹爵士干过的所有善举就会统统消失。因为我自己对这件事情非常关心，担心我自己的观点对这件事情的影响太大，因此才把这个案件对您全盘托出，并且看看您有什么意见。"

福尔摩斯想了片刻。

"简而言之，事情是这么回事，"他说，"你的意思主要是，有一种魔鬼般的力量，使达特沼地成了不适合巴斯克维尔家人居处的地方——这是您要说的意思吗？"

"起码我可以说，有的迹象证明了这一点。"

"不错。但是肯定地说，要是你那超乎自然的说法成立，那么，这个年轻人在伦敦就会像在德文郡同样不幸。一个恶魔，居然会像教区礼拜堂一样，只在当地兴风作浪，那真是太无法想象了。"

"福尔摩斯先生，要是您置身于这些事情当中，或许您就不会这么草率地下结论了。按照我所理解的，您的意思是说：这位年轻人在德文郡会同在伦敦一样平安。他在五十分钟以内就会到了，您说应当怎么办呢？"

"先生，你最好叫上一辆出租马车，带着你那只现在正在抓挠我大门的长耳朵猎犬，去滑铁卢接亨利·巴斯克维尔爵士。"

"接下来呢？"

"接下来，在我对这件事情做出决定以前，什么都别让他知道。"

"你得用多久才能够做出决定呢？"

"二十四小时以后。要是你能够在明天十点钟来这儿找我，摩梯末医生，那我对你简直太感谢了，并且要是您能够把亨利·巴斯克维尔爵士一起带来的话，那对我制订计划将会更有帮助。"

"我肯定会来，福尔摩斯先生。"他把这次约会的时间拿铅笔记在了自己的袖口上，接着就心事重重地起身离开了。当他到了楼梯口的时候，福尔摩斯又把他喊住了。

"还有一个问题，摩梯末医生，您说在查尔兹·巴斯克维尔爵士临死以前，曾有几个人在沼地中看到过那个怪物？"

"三个人看到过。"

"以后还有人看到过吗？"

"我还没听说过。"

"谢谢你，再见。"

福尔摩斯带着宁静的、心满意足的表情返回他的座位上，这说明他已经找到了令他感兴趣的差事了。

"你要出门吗，华生？"

"对啊，但是对你假如能有什么帮助的话，我就不出门。"

"不，亲爱的朋友，只在采取行动时，我才会让你帮助我呢。简直太妙了，从有些观点来看，这件事情的确很特殊。在你走过布莱德雷商店时，请

注释 草率：指做事粗枝大叶，马马虎虎，不负责任。

你让他们把一磅最浓的板烟给我送来好吗？非常感谢。要是你不介意的话，请你在傍晚以前别回来，我特别想在这段时间内把早晨得到的关于这件非常有意思的案子的各种印象做一下比较。"

我知道，高度集中精神，权衡微小的证据，做出种种设想，把它们做一下比较，最终确认哪几方面是重要的，哪些是不正确的时候，把自己关在屋里，苦苦地思索上一天，对福尔摩斯而言是非常有必要的。所以我就在俱乐部中泡了一整天，傍晚以前一直都没有返回贝克街去。在差不多九点钟时，我才重新坐到休息室里。

我推开门的一瞬间，简直认为房间里起了火，因为整个屋子里烟雾弥漫，甚至连台灯的灯光也显得模糊不清了。进入屋内之后，浓浓的板烟气味使得我的喉咙开始咳嗽起来。通过板烟的烟雾，我朦朦胧胧地看见福尔摩斯身穿睡衣的影子倚靠在那张安乐椅里，嘴中叼着他那只黑色的陶瓷烟斗，身边搁着一卷又一卷的纸。

"感冒了吗，华生？"他说。

"没感冒，都是这乌烟瘴气弄的。"

"啊，你说得不错，我觉得烟气也的确太浓了。"

"浓得几乎难以忍受。"

"那么，就把窗户打开吧！我能够看得出，你一整天都泡在俱乐部中吧？"

"亲爱的福尔摩斯！"

"我说得不错吧？"

"当然了，但是你是怎么知道的？"

他嘲笑着我那一脸疑惑的表情。

"华生，因为你看上去轻松愉悦，让我很愿意耍点儿小把戏拿你逗逗乐。一位绅士在道路极其难走的下雨天出了门；夜里回来时，身上却毫无泥痕雨印，帽子上、鞋上仍旧闪亮发光，他肯定是一整天待在某个地方。他还是一个没有亲友可以拜访的人，这样看来，他还会去什么地方呢？这不是非常明显的事情吗？"

"不错，非常明显。"

"世上没有谁能够看出来的很显然的事情多得是。你猜想我是待在哪儿的？"

"这不是困在这儿没动吗？"

"恰恰相反，我去过德文郡一趟。"

"是你的'灵魂'去了吧？"

"不错，我的躯体始终都是待在这个安乐椅中。但是可惜的是，我居然在'灵魂'已经飞得很遥远的时候喝光了两大壶咖啡，吸了多得无法相信的烟叶。你离开之后，我打发人到斯坦弗警局去拿来了带着沼地这一带的地图，我的'灵魂'正是在这张地图上逛游了整整一天。我深信对那一带的路已经非常熟悉了。"

"我认为肯定是一张非常精细的地图吧？"

"非常精细。"他打开地图的一部分搁到膝盖上，"这儿正是和我们关系特别大的地区。当中的地方正是巴斯克维尔庄园。"

"它的四周都是树林吗？"

"不错。我觉得那条水松夹道，尽管在这里根本就没有标明，肯定是顺着这条线延伸下去的；至于沼地，你能够看出来，是在它右边。这一处房屋正是格林盆村，我们的朋友摩梯末医生就是住在这儿。在半径五里以内，你能够看见，只有为数不多的几所零星分布的房子。这儿正是此次案件中说到过的赖福特庄园。这儿有一坐标清楚的房子，或许就是那个生物学家的住所；要是我没记错的话，他姓斯台普吞。这儿是沼地里的两家农户，高陶和弗麦尔。十四英里开外就是王子镇的大监狱。在这些分布的各个点中间和四周延伸着荒芜冷清的沼地。这儿就是过去演绎惨剧的舞台，或许在我们的帮助下，在这个舞台上还会演绎出一些好戏呢。"

"这儿肯定是一个寸草不生的地方。"

"啊，左边的环境简直是太适宜了，要是魔鬼确实想插足于人世间的事情的话……"

"这样说来，你自己也相信超乎自然的事情了。"

"邪魔幽灵或许是有血有肉的躯体呢，难道没有可能吗？我们面前有两个问题：第一，到底是否有过犯罪的事实；第二，犯罪到底属于怎样的性质和犯罪是怎么进行的？当然了，要是摩梯末医生所存的疑虑不错的话，我们就得和超自然的势力接触了；那么一来，我们就没有必要继续进行调查工作了。不过我们只有在做出的种种设想都被否定以后，才能够重新返回这条路上来研究。要是你赞成的话，我觉得我们需要把那个窗子关上了。太奇怪了，我总感到浓浓的空气有利于人们聚精会神。尽管我还没到必须钻入箱子里去才能够考虑事情的程度，但是我相信，要是继续这样发展下去，我肯定会那么做的。这桩案件，你想过吗？"

"不错，白天我想了许多。"

"你对此抱着什么看法呢？"

"我觉得太棘手了。"

"这桩案子的确有它离奇的地方。它有几个明显的特点。比如说吧，那脚印的变化，对于这点你是怎么想的呢？"

"摩梯末曾说过，那个人在那段夹道上是用脚尖行走的。"

"他只是把一个笨蛋在验尸的时候讲过的话又说了一遍。一个人怎么会顺着夹道用脚尖行走呢？"

"这样说来，应该怎么解释呢？"

"他是在跑，华生——飞快地奔跑，他是在逃命，一直跑到心脏破裂趴到地上死去。"

"他到底是因为逃避什么才跑的呢？"

"我们所面对的问题就在这儿。各种迹象都表明，此人在开始奔跑之前就已经被吓得神经错乱了。"

"何以见得？"

"依我猜测他的惊恐来自沼地。假如是这样的话，那么极有可能的是：只有一个被吓得魂不附体的人才有可能不朝着房子而朝反方向跑。假如那个吉卜赛人没有撒谎的话，他就是一边奔跑一边呼喊救命，但他所奔跑的方向却恰恰是最不可能获得救助的方向。另外，那天晚上他在等什么人呢？为什么要到水松夹道里等而不是在自己的房子里呢？"

"你觉得他是在等什么人吗？"

"那个人年纪已大而且身体欠佳，对于他在黄昏时分出去散步，我们能够理解；但是地面湿漉漉的，并且晚上又那么冷。摩梯末医生的聪明确实是值得我称赞的；他根据雪茄烟掉在地上的烟灰所推断出来的结论，表明他居然站了五分钟或者十分钟的时间，难道这是非常自然的事吗？"

"但是他天天晚觉以前都出去散步啊！"

"我并不认为，他是有在睡觉之前在沼池等待的习惯。如果摩梯末医生的传说是真的，那么，他应该对沼池是惧怕吧。可是，去伦敦之前的头夜里他却等在那里。事情有些眉目了，华生，请你把小提琴递给我吧，明早医生和亨利爵士来了，我们再进行下一步的考虑吧。"

注释　雪茄烟：雪茄就是用经过风干、发酵、老化后的原块烟叶卷制出来的纯天然烟草制品。

思考　福尔摩斯整个下午在房间干了些什么？

第四章　亨利·巴斯克维尔爵士

名师导读 Teacher Reading

　　亨利·巴斯克维尔爵士和摩梯末医生如约来到了福尔摩斯的处所，并带来了一个信息：清晨亨利·巴斯克维尔爵士收到了一封奇怪的信件，信上的字是从报纸上剪下来的，其内容是让亨利爵士小心沼地。与此同时，爵士也发生了其他的离奇事件。

　　十点钟，摩梯末医生准时地带着公爵来了，他身穿红色的苏格兰式衣服，从外表来看是一个饱经风霜、大多数时间都在外面走动的人，但是他那镇定的眼神和安静充满信心的态度，很像一位有教养的绅士。

　　"这位是亨利·巴斯克维尔爵士。"摩梯末医生给我们介绍了一番。

　　"噢，是啊，"亨利爵士说道，"古怪的是，夏洛克·福尔摩斯先生，就算我这位朋友没有提议今天清晨来找您，我自己也会唐突来打搅您的。我知道您是善于解答疑难问题的人，而我今天清晨就碰到一件奇怪的事。"

　　"请坐下来说吧，爵士。您刚刚来伦敦就碰到了奇怪的事情？"

　　"没有什么要紧的事儿，福尔摩斯先生，大部分是闹玩儿。假如您能把它看成信的话，这便是我今天早晨接到的一封信。"

　　亨利爵士把那封信展开平放在餐桌上。信封是普通的，灰颜色。信封上面的字迹写得潦潦草草："诺森勃兰旅馆，亨利爵士笑启"，信封上面的邮戳说明了寄信的时间是昨晚。

"什么人知道您要住在这家旅馆吗？"福尔摩斯用尖锐的眼神瞅着亨利爵士问。

"没有人知道。我和摩梯末先生碰面以后才打算在这家旅馆住下的。"

"那么，在那以前，摩梯末先生，你曾经到那家旅馆去过没有？"

"没有。我始终都和一个朋友待在一块儿。而我根本没有谈论到有关这件事的内容。"

"嗯，似乎有什么人对你们的举动非常关切呢。"他从信封中抽出了一张折了四下的半张13×17英寸的信纸。他将这张信纸展开，平放在桌面上。中间有一句是从报纸上剪切下的铅字拼凑起来的话，是这么写的：

"你如果爱惜生命或者有理智的话，请远离沼地。"只有"沼地"这两个字是用手写的。

"福尔摩斯先生，您能不能告诉我，这话说的究竟是什么意思？是什么人对我这么关照呢？"

"您对此事有什么见解呢，摩梯末医生？不管怎样，您必须得承认这封信上绝不会有什么神秘的事情吧？"

"那还用说，先生。可是寄信的人倒完全有可能是一个相信这是一件神秘事情的人。"

亨利爵士的脸上充满了关心的表情："你们二位看起来早就知道、早就预料到了，是不是？"

"在您走出这个房间以前，您就会知道我们所了解的事情了，亨利爵士，这一点我向你保证。"夏洛克·福尔摩斯说道，"眼下还是请您答应我们只说有关这封肯定是昨晚拼成发出的很有意思的信吧。有前一天的《泰晤士报》吗，华生？"

"在那个角落里搁着呢。"

"请你递给我行吗？打开里边的一版，多谢，专门刊登主要评论的那一版。"他很快由头到尾浏览了一遍，这篇极其重要的评论说的是有关自由贸易的，在这里我为你们念一念其中的一部分吧。

"或许你还会再度被甜言蜜语所蛊惑，维护税则会对你所做的生意或者

注释　蛊惑：迷惑。

是工业有鼓动的作用，可如果从理智上看，从长远的角度去考虑，这种立法一定会让国家永远都不会富强，减少进口的总产值，同时降低这个岛国的一般生活水平。"

"华生，你对此事有什么想法呢？"福尔摩斯欣喜万分地叫喊起来，同时心满意足地摩擦双手，"你不觉得这是一件很值得佩服的感情吗？"

摩梯末医生带着职业性的好奇的神情看着福尔摩斯，而亨利·巴斯克维尔爵士则莫名其妙地注视着我。

"真的，福尔摩斯先生，这根本就是出乎意料的事情，"摩梯末医生惊讶地看着我的朋友说，"假如有什么人说这几个字是从报纸上面剪切下来的，我也相信，但是您居然能说出是哪张报纸，还指出是从一篇很重要的评论中剪出来的，这可是我所听说过的最伟大的事儿了。您是怎样知道的呢？"

"我认为，医生，您能区分出黑人和爱斯基摩人的头骨的差别吧？"

"那当——然了。"

"可是，怎么区分呢？"

"因为那是我的嗜好。差别是非常明确的。从眉骨的突出度、腭骨的独特斜度，还有脸部的……"

"这同样是我的嗜好啊，那不一样的地方也是很显眼的。就像黑人和因纽特人在您眼里的差别那样。我认为，《泰晤士报》中所使用的小五号铅字和半个便士一张的晚报所用的字迹潦草的铅字之间，也同样存在着非常大的差别，对于犯罪学专家而言，区分报区所使用的铅字，是最基本常识中的一部分。《泰晤士报》评语栏中所用的字体是很独特的，不会被错当成别的什么报纸的。因为此信是前一天贴起来的，因此也许在前一天的报纸中就能够发现这些文字。"

"我知道了，也就是说，福尔摩斯先生，"亨利·巴斯克维尔爵士说，"剪贴这封短信的那个人是拿一把剪刀……"

"是指甲剪，"福尔摩斯说，"您能够看到，那把剪刀的刃不长。因为使用剪子的那个人在把'远离'这两个字剪下来时剪了两次。"

"的确是这样。那也可以说，有个人拿一把刃很短的剪子剪贴下了这封信里的字，然后拿糨糊粘上……"

"不，是胶水。"福尔摩斯说。

"是拿胶水粘在纸上面的。但是我想知道，为什么'沼地'这两个字居然是用手写上去的呢？"

"那是因为寄信人在报纸上面没有找到这两个字。别的字全都是在随便一张报纸里都可以找着的常见字，但是'沼地'这两个字就不太常见了。"

"啊，那当然了，这么分析就能解释通了。您由这一封短信中还能看得出一些什么其他的线索吗，福尔摩斯先生？"

"还有一些现象是可以仔细探究的。他为了销毁一切迹象，的确曾经花费了很大的心计呢。这个地址，您能看得出，是写得横七竖八的。但是《泰晤士报》这张报纸除去曾经接受过高等教育的人以外，阅读它的人不多。所以，我们能够假设，这封信是一个曾经接受过很高的教育的人书写的，但是他制造出一个没有文化的人写的这封信的假象。而从他竭力掩藏自己的笔迹这一点来看，好像他担心笔迹也许会被您看出或者查对出。"

"我们这不是在瞎猜吗。"摩梯末医生不以为然地说道。

"嗯，我这是在把各种可能性做一番比较，并且把其中和事实最接近的挑出来；这就是运用了科学的推断，事实根据永远都是我们进行分析的起源。如今，还有另外一点，您肯定又会将它说成瞎猜，但是我几乎敢确定，这信封上面的住址是在一家旅馆中写的。"

"您为什么这么说呢？"

"假如您认真地查看它，您就能看到，笔尖和墨水都曾经给写信者增加了很多麻烦。您是知道的，旅馆里的钢笔和墨水却极少出现这种情况。的确，我敢毫不迟疑地说，假如咱们能去查林十字街周围的各个旅馆里查看一下纸筐，只要一发现评论被剪了的那张《泰晤士报》的残余部分，我们立刻就可以找出寄出这封奇怪的信的人了。啊！哎呀！这是什么？"

他把粘着字的那张13×17英寸的信纸举到距眼睛非常近的地方认真地查看着。

"怎么了？"

"没什么，"他一边说着一边又放下了那张信纸，"这是大半张白信纸，上面连一个水印都找不到。我看，咱们由这封奇怪的信纸上可以获得的启发也就只有这么多了。啊，亨利爵士，自从您到达伦敦之后，还遇到过什么奇怪的事儿吗？"

"噢，没有，福尔摩斯先生。我觉得还没有。"

"您有没有发现过有什么人偷窥您或者是跟踪您？"

"我仿佛是走入了一本故事情节奇怪惊人的小说中一样，"我们的客人说，"真见鬼，跟踪我做什么？"

"我们现在就说这件事。在我们讨论这件事儿以前，您再也没有什么想对我们讲的了吗？"

"噢，这得看什么事儿是你们所谓的值得说的了。"

"我觉得生活中的所有不正常的事儿都是值得说的。"

亨利爵士咧开嘴笑了笑。

"关于英国人生活的事情，我知道得还很少，因为我的全部时间几乎都是在美国或者加拿大度过的。但是我想丢掉一只皮鞋并非这儿的日常生活中的一部分吧？"

"您曾经丢失了一只皮鞋吗？"

"我亲爱的爵士，"摩梯末医生喊了起来，"这只是放错了位置而已。您回到旅馆之后好好找找，肯定能找到。用这样的小事儿来耽误福尔摩斯先生的宝贵时间有什么用处呢？"

"唉，是他刚才问我除去日常生活以外还有没有什么蹊跷的事儿。"

"没错，"福尔摩斯说，"无论这件事看起来是多么的荒唐。您是说您曾经丢失了一只皮鞋吗？"

"唉，还不是说放错位置了嘛。昨天晚上我把一双鞋都搁在屋门外了，而今天早上就只剩一只了。我从给我擦这两只皮鞋的那个人口中也盘问不出什么情况来。"

"被偷走的好像是一件不成双就毫无用处的物品，"夏洛克 · 福尔摩斯说，"我和摩梯末医生的看法一样，那只丢失了的皮鞋也许很快就能找到。"

"嗯，各位先生，"准男爵以坚定的语气说，"我认为好像我已把我所知道的每一件小事儿全都告诉你们了。如今，你们应该履行你们的诺言了，把我们大伙儿所一致关心的事情具体地给我讲讲吧。"

注释　蹊跷：奇怪，可疑。

"当然你的要求是合情合理的，"福尔摩斯回答说，"摩梯末医生，我认为最好还是请您像昨天给我们说过的一样，把您所了解的所有事情再说一次吧。"

受到这种鼓舞以后，我们这位科学事业者就从衣兜里掏出了他那张手写的稿子，就像昨天清晨一样将所有的案情都讲述了一遍。

"嗯，由此可见我好像是继承了一份带有怨恨的遗产，"在很长的讲叙完以后他说，"当然了，我从小就听说过有关这只猎犬的事情，这是我家最爱讲的一个故事，但是我过去从来都不信。"

"如今又冒出了为我寄到旅馆里的这封信。我认为它也许和此事是有所牵扯的。"

"这件事好像表明，有关在沼地里所发生的事情，有人了解的内幕比我们更多。"摩梯末医生肯定地说。

"而且，"福尔摩斯说道，"那个人好像对您并没有歹意，因为他只不过是向您发出了灾难的忠告。"

"可能是为了他们自己的企图，他们想吓走我。"

"无论它是什么，我的回答是已经确定了的。地狱中并没有恶魔，福尔摩斯先生，并且这个世上也没有任何人能阻止我返回我的故乡去。这就是我最后的回答。"福尔摩斯先生，此刻已经是十一点三十分了，我要立刻回旅馆去。假如您和您的伙伴华生医生可以在两点时来同我们一起享用午餐的话，那个时候，我就可以更详细地给你们讲讲此事是多么让我感到惊讶了。"

"华生，你方便不方便？"

"没事儿。"

"那您就等待我们吧。我为您租一辆马车行吗？"

"我倒很想散散步，此事的确使我的心里感到很不平静。"

"我很愿意陪您一块儿溜达。"他的伙伴说。

"那就这样说定了，咱们两点见吧。再见了，祝您早安！"

我们听见了客人们起身下楼的走路声和"砰"地一下关上房门的声响。福尔摩斯忽然从一个懒洋洋的人变成了一个精神振奋的人了。

福尔摩斯加快了速度，让我们和他们两人之间缩短了一百码的距离。然后就紧随其后，彼此保持一半的距离，我们紧跟着他们俩来到了牛津街，又走上了摄政街。有一回我们那两位朋友停住了，朝商店的窗子里探视着，那时福尔摩斯也像他们一样看着窗子。过了片刻，他兴奋地压低嗓门喊了一声，顺着他那警觉的目光，我看见了一辆原本停留在街道另一面的、里边坐着一个形迹可疑的男人的两轮马车此刻又缓缓地驶进了我们俩的视线。

"这就是那个人，华生，走吧！就算是什么都没干的话，起码咱们应当把他看得清清楚楚。"

刹那间，我看见了蓄着一绺浓厚的黑胡子和两只炯炯逼人的眼睛的脸，在马车一旁的窗子里朝我们回转过头。忽然之间，他将车顶上的滑动窗推开了，对马车役说了几句话，紧接着马车就沿着摄政街飞一般地奔驰而去。福尔摩斯着急地向周围打量着，想叫住一辆马车，但是找不到空车。然后他就跑了出去，在车和马的潮流中发疯似地追上去，但是那辆马车跑得简直太迅速了，已经看不见影儿了。

"唉，"福尔摩斯气喘吁吁地面色苍白，从人流中跑出来，愤怒地说道，"咱们以前遇到过这种坏运气和做过这样差劲儿的事儿吗？华生，华生，假如你是一个老实人，你就应当把这件事也记录下来，作为我战无不胜的反证吧。"

"那个人叫什么名字？"

"我也不知道。"

"肯定是暗中监视的人吗？"

"哼，按照咱们所掌握的线索推测，很明显是从巴斯克维尔来到城内之后，就已经被人死死地盯住了。不然的话，怎么这么快就被他人知道了他要下榻在诺桑勃兰旅馆呢？假如第一天他就被他们盯住了，我敢保证，第二天依然要继续盯梢。你也许已看出来了，当摩梯末医生在说那个传说故事时，我曾经两回走到窗子跟前去。"

"没错，我依然记得。"

"当时我是在大街上找佯装无事游逛的人，但是我一个都没有发现，和咱们作对的是一个极其狡猾的人啊，华生。这事儿很微妙呢。尽管我还没有

注释 佯（yáng）装：假装。

能确定那个人是敌还是友，可是我认为他是一个有勇有谋之辈。当我们的朋友告辞以后，我立刻就跟上他们，就是想找出他们的盯梢人。他简直太精明了，甚至连走路都感到不妥，他给自己预备了辆马车，这么一来他就能跟随在后面闲逛，或者是从他们的身边猛地奔过去，避免引起他们的留意。他这办法还有一个独特的利处呢，如果他们真的乘坐一辆马车的话，他很快就能跟随着他们。可是，很明显也有一个弱点。"

"这么一来他就要受制于马车役了。"

"一点儿没错。"

"咱们没有把车牌号记下来，真遗憾。"

"我亲爱的华生，尽管我看起来那么笨，但是你肯定不至于真的把我想得笨得连号码都忘掉记了吧？车号是NO.二七〇四。可是，它目前对咱们还没有什么用。"

"我真的看不出在那时的情形下你还能做些其他的什么事儿。"

"当看见那辆马车的时候，我原本应当立刻回转过身朝相反的方向走。当时我应该镇定自若地雇另外一辆马车，保持一定的距离跟随在那辆马车后边，或者最好赶车去诺桑勃兰旅馆里等着。当那个陌生人，跟随着巴斯克维尔到家门口时，我们就可以以牙还牙了，看看他到哪里去。但是那时由于我的粗心大意再加上操之过急，致使对方采取了非常狡黠的行动，咱们既把自己暴露了，而且还失去了目标。"

我们一面交谈一面沿着摄政街信步继续前进，在我们前边的摩梯末医生和他的同伴早就消失得无影无踪了。

"此刻再跟随他们也没有太大的意义了，"福尔摩斯说道，"监视他的人离开了，就绝不会再返回来了。咱们一定要好好考虑考虑，咱们接下来该怎么办。你能认得出马车上那个人的容貌吗？"

"我只能认得出他那绺胡子。"

"我也能——但是我想那也许是一绺假胡子。对于一个做这种需要绝对细心的事情的精明人来说，一绺胡须除去能掩盖他的容貌以外，是没有其他的作用的。进来吧，华生！"

我们进入了一家当地的佣工介绍所，得到经理热烈地欢迎。

"啊，维尔森，我认为您还没忘掉我曾经荣幸地帮助过您的那件小案子吧？"

"没有，先生，我当然没有忘记。您救了我的名声，甚至还搭救了我这一条命呢。"

"我亲爱的朋友，您太夸张了。维尔森，我曾记得在您手底下有一个叫卡特莱的小孩儿，在上次调查的时候，曾经表现出一些才华。"

"没错，先生，他现在仍在我们这儿呢。"

"请您叫他来好吗？多谢！还麻烦您将这张五镑的钞票帮我换成零钱。"

一个十四岁左右、朝气蓬勃而长相聪明的小孩儿，服从经理的吩咐来了。他站在那儿，用非常敬重的眼神看着这位大名鼎鼎的侦探。

"将那册首都旅馆指南递给我，"福尔摩斯说道，"多谢！啊，卡特莱，一共有二十三家旅馆的名称都在这里，在查林十字街的周围。你看见了吗？"

"看见了，先生。"

"你要一家家地挨着到这些旅馆里去。"

"没问题，先生。"

"你每走到一家就送给看门人一个先令，这是二十三个先令。"

"好的，先生。"

"你对他们说，你想瞧瞧昨天的被清扫来的废纸。你就说你要找一封被送错地方的电报。记清楚了吗？"

"记住了，先生。"

"但是真正让你寻找的是掺杂在里边的一张用剪刀剪了几个小窟窿的《泰晤士报》。这儿有一张《泰晤士报》，就是此篇。你很轻易就能把它认出来，你能认得出吗？"

"能，先生。"

"那咱们就拿一部分钱解决一下吧，或许某间旅馆会让我们看废报纸的。在黄昏之前往我贝克街的家里拍份电报告诉我结果吧。现在，我们先查查那个马车役，车牌是NO.二七〇四。再然后，去证券街的一家美术馆来打发时间吧。"

对于你刚刚读完的这本书，你想说些什么呢？动笔写下你的读后感吧！

Book Review